CATARSIS

EL AMOR MÁS ALLÁ DE LOS SUEÑOS.

Por: Alejandro Ladrón de Guevara Rangel.

(Septiembre 2021)

Con mucho Cariño para mi buen amigo
Eduardo Vega

30 - NOV - 2021

Introducción: Hola, mi nombre es Alejandro Ladrón de Guevara Rangel. En primer lugar, quiero agradecerte porque estas a punto de iniciar a leer mi libro. También quiero contarte que en esta bonita historia de amor, voy a intentar sumergirte en una vorágine de sentimientos, recuerdos y sensaciones. De corazón, espero que al leerlo lo disfrutes, tanto o más, de lo que yo disfruté el haberlo escrito.

No siendo más, empecemos…

Capítulo 1.

No hace mucho tiempo, en la ciudad de New Orleans, en una mañana fría de invierno, nuestro buen amigo Nicholas Houston estaba siendo despertado después de una larga y pacífica noche, por los golpes que le daba su madre, a la puerta de su habitación. Con voz afanosa y siempre amorosa, la señora Mia le llamaba diciendo: Hijito, despierta, ya es hora de ir a la escuela.

Nicholas entonces abrió los ojos y vio como caían sobre él pequeñas partículas de polvo, las cuales estaban siendo iluminadas por la poca luz que se filtraba a través de las cortinas de tela que tapaban la ventana de su minúscula habitación. Por su mente comenzaron a pasar todas las tareas y deberes que tenía asignados para ese día, pero en especial, esperaba poder jugar baloncesto con sus amigos al terminar las clases. Juegos que normalmente acontecían, en una cancha que estaba a pocas cuadras de su casa.

De pronto saltó de la cama y con la energía que siempre lo había caracterizado, se dirigió rápidamente a la ducha, donde se demoró menos de cinco minutos, después se vistió y bajó al primer piso, donde se sentó en la mesa a desayunar en compañía de su padre y su madre. Su padre, quien en ese momento estaba leyendo el periódico, le saludó sin mirarlo, le dijo: buenos días hijo, a lo que Nicholas le respondió: buenos días padre, y comenzó a comer su insulso desayuno a base de cereales, leche y huevos cocidos.

También tomó un líquido amarillo, que de forma engañosa se hacía llamar jugo de naranja natural.

Había en este comedor, un viejo televisor a color de veinticuatro pulgadas de tamaño, en el cual estaban presentando, el resumen de las noticias deportivas de la última semana. Reportaban con mucho entusiasmo, las grandes hazañas realizadas por la nueva estrella del baloncesto; Niki Martínez, de padres latinos, era el nuevo Michael Jordán. No muy alto, delgado, extremadamente fuerte, y sobre todo, muy rápido de mente. Había logrado vencer a los equipos de baloncesto más prestigiosos del país, ya que en todos los partidos, encontraba espacios muy ajustados, donde con precisión milimétrica, siempre lograba hacer cesta. Quienes lo veían jugar, muchas veces se cuestionaban, si lo que Niki hacía, era físicamente posible. Incluso había quienes se cuestionaban, si tal vez su gran habilidad provenía de algún tipo de pacto sobrenatural.

Para Nicholas, no existía mayor dicha que oír las noticias de su héroe personal. Eso sí, se molestaba mucho, cada vez que escuchaba aquellos rumores malintencionados de pactos sobrenaturales, entonces siempre pensaba: si Niki tuviera un pacto sobrenatural, de seguro sería con un Ángel blanco, el cual le estaría ayudando, a sostenerse en el aire por uno o dos segundos de más, cada vez que salta para encestar.

Nicholas siempre trataba de emular a Niki, en una ocasión, ahorró por casi un año para comprar los tenis de edición limitada que promocionaba Niki en la televisión, con tan buena suerte, que salió ganador de una de las diez camisas que se estaban sorteando por la compra de dichos tenis. Lo mejor era que estas camisas, venían firmadas de puño y letra por Niki, ambos artículos los cuidaba de forma solemne. A tal punto que solo los usaba ocasionalmente, cuando quería tomarse algunas selfies en compañía de sus mejores amigos.

Nicholas, en aquel entonces era un joven adolecente de 16 años, que soñaba con ingresar a la universidad, mediante una beca estudiantil, que esperaba le fuera otorgada, en virtud de sus habilidades en el baloncesto. Pues era muy consciente, que con una madre ama de casa y un padre que trabajaba como guardia de seguridad en un viejo astillero, los recursos financieros con los que contaba su familia, eran exiguos para tan sublime sueño.

El Padre de Nicholas, el señor John Houston, era un afroamericano muy alto y corpulento, características que apreciaban mucho sus empleadores, ya que su mera presencia era intimidante. Pesaba 120 Kg y medía poco más de dos metros. Contradictoriamente con su apariencia física, su voz era suave. Siempre se caracterizó por ser un hombre bondadoso y extremadamente noble, sin embargo, no era una persona segura de sí misma, y tomar decisiones, era algo que usualmente le costaba mucho, ya que lo hacía sentir ansioso. Un buen día, aconteció que el señor John llegó más temprano que de costumbre a su casa, debido a que le habían despedido por haberse confundido en sus labores. Se presentaron en la puerta del astillero, dos muchachos muy bien vestidos, quienes venían conduciendo un Mercedes Benz descapotable de color negro, este dejaba ver, una pequeña cruz blanca al lado de la placa trasera del vehículo. Se habían identificado como sobrinos del dueño de la empresa, el señor John, al ver su cabellera rubia, sus cachetes rojos y regordetes, no hizo el procedimiento de rigor y les permitió el paso. Una vez adentro, este par de sujetos, pintaron la esvástica en el casco blanco e inmaculado de un lujoso yate, que en aquel sitio, se encontraba recibiendo mantenimiento. Este yate, era propiedad de un hombre descendiente de hindúes, que había prosperado en América mediante el comercio de telas, y que ahora estaba siendo acosado, por pequeñas células de supremacistas arios. Así, culparon al señor John por haberles permitido entrar, y peor aún, por no haberlos detenido cuando se dieron a la fuga.

Un par de horas después, y al finalizar un muy buen juego de baloncesto en compañía de sus amigos, Nicholas llegó a su casa, entró todavía sudoroso y con mucha hambre, más sin embargo, al abrir la puerta, encontró a sus padres muy tristes y cabizbajos. Entonces, el señor John lo invitó a que se sentara, para contarle los detalles de su despido, al finalizar su relato le dijo: Hijito, voy a tener que pedirte que pospongas por un tiempo tus planes de ingresar a la universidad, pues aún si logras hacerte merecedor a una beca, tu madre y yo, vamos a necesitar de tu colaboración, es decir, necesitamos que consigas un trabajo y nos ayudes a pagar los gastos de la casa. Te prometo que no será por mucho tiempo, solo hasta que yo consiga un trabajo diferente al que he venido haciendo por los últimos veinte años. Debido, a que mi error fue tan grande, que ahora nadie me va a volver a recomendar como guardia de seguridad. Nicholas dejó escapar una sutil sonrisa y le respondió: Tranquilo padre, ustedes dos cuentan conmigo, estoy seguro que todo va a salir muy bien.

Más tarde, esa misma noche, Nicholas entró a internet e investigó en cuanto podría vender su camisa de edición limitada, aquella con la que su ídolo Niki Martínez, se había dado a conocer; para su sorpresa, este artículo en especial se había convertido en una de las camisas más valoradas por los coleccionistas, ya que era parte de las historias legendarias del baloncesto. Súbitamente descubrió que en eBay, se encontraban camisas como estas, en no tan buen estado como la suya, con precios que rondaban los 6.200 dólares, entonces, la sacó de la bolsa plástica donde la guardaba, le tomó unas fotos y la ofreció en 5.700 dólares. Hecho esto, decidió acostarse a dormir. A la mañana siguiente y nuevamente después de ser despertado por su madre; lo primero que hizo fue revisar su correo. En efecto, tenía una oferta de un coleccionista. Aceptó la transacción y ese mismo día entregó su más grande tesoro; recibió el equivalente a dos meses de salario de su padre. De inmediato, transfirió el 100% del dinero que había en su cuenta a la cuenta de su padre, aproximadamente unos 5.873 dólares.

Llegada la noche, su padre angustiado por la falta de dinero, revisó su cuenta de ahorros, no podía creer lo que sus ojos veían, revisó quien había hecho tal consignación, la sorpresa fue aún más grata, al ver que los fondos provenían de la cuenta de ahorros de su hijo. En aquel momento, el señor John, con lágrimas en sus ojos, buscó a su hijo y al encontrarlo escuchando música en su cuarto, le dijo: Hijito, levántate… Le abrazó, lo besó y le dio las gracias. Entonces el señor John, le preguntó a Nicholas, ¿hijo, como conseguiste tanto dinero, y tan rápido? Nicholas le contó, que había vendido su camisa de Niki, y que un coleccionista se la había comprado en tiempo record. Al escuchar esto, el señor John sintió como un nudo se le hacía en la garganta; ya que sabía del gran sacrificio que había hecho su hijo. Con voz quebradiza le dijo: Dios te bendiga hijito de mi corazón, algún día, venderán camisas coleccionables con tu nombre y apellido.

Pasaron dos semanas y el señor John, aun no conseguía trabajo, debido a que a sus 42 años, las opciones no eran muchas ni bien remuneradas. Decidió entonces que iba a comprar un automóvil con el dinero que aún tenía en su cuenta de ahorros y así podría trabajar en Uber. Con esto comenzó a sostener nuevamente a su familia y el sueño de Nicholas tomó más fuerza.

Pasaron varios meses y Nicholas, cercano a cumplir 17 años, estaba a punto de graduarse como bachiller. Se preparó, entrenó con mucha disciplina y presentó las pruebas para ser merecedor de una beca en la universidad de California, gracias a que era un deportista sobresaliente en el baloncesto. Paralelamente, durante todo este tiempo Niki siguió acumulando éxitos tras éxitos, hasta convertirse en la mayor estrella de la historia del baloncesto. Su fama era internacional, y a donde viajaba, todos lo recibían con los brazos abiertos, debido a que tenía tanto carisma como talento para el deporte.

El día que Nicholas fue aceptado y becado en la universidad de California, coincidió con la celebración del matrimonio de Niki con su amada novia Marie Ann Lecoeur, ella era una hermosa parisina, que producía cortometrajes de carácter científico para el cine europeo. De tez blanca, alta y cabello castaño. La celebración fue transmitida en varias plataformas de internet, y millones de personas estuvieron siguiendo los acontecimientos. Entre ellos Nicholas, quien al ver a Marie Ann vestida de novia, en la pantalla de su computador, se preguntaba si algún día él, podría llegar a conquistar a una mujer tan bella como ella.

Al poco tiempo, Nicholas se estaba graduando como bachiller. El día de la ceremonia, sacó de su ropero los tenis de Niki, y en contra de los consejos de sus padres, se presentó en la ceremonia de graduación, haciendo uso de ellos. Orgulloso de lo que había logrado, muchos de sus amigos le felicitaron y le agoraron grandes éxitos. Sus padres le veían desde lejos y también soñaban con el futuro promisorio que se presentaba para Nicholas. Esa noche, los tres salieron a comer a un restaurante italiano, para celebrar este acontecimiento. La velada fue maravillosa, el ambiente apacible, el amor y el orgullo que sentían los padres de Nicholas, se percibía en el ambiente. Los tres pidieron platos diferentes y compartieron entre sí, pequeños bocados de los distintos sabores que cada uno tenía en su plato. También, pidieron una botella de vino tinto y al finalizar un postre con tres cucharitas, esto último, debido a que a los tres, les preocupaba comer en exceso y terminar sintiéndose indigestos.

De camino a casa, el señor John iba manejando su carro, decidió prender la radio y sintonizar las noticias de la noche, lastimosamente, estaban anunciando en ese preciso momento, la tragedia personal que Niki Martínez acababa de sufrir. En ella, se contaban la trágica desaparición de su esposa, acontecimiento que se presentó durante la luna de miel que ambos estaban disfrutando, en la isla de Providencia, territorio de la república de Colombia. Aunque no daban muchos detalles, los periodistas aseguraban que Niki y Marie Ann en compañía de una pareja de amigos, habían salido de paseo en un lujoso yate, el cual había presentado fallas técnicas durante la travesía. Lamentablemente, no habían podido regresar a la costa y fueron alcanzados por una tormenta tropical. Durante el incidente, Mari Ann había caído por la borda; y nadie lograba dar con ella. Nicholas, al escuchar esto sintió como su corazón se arrugaba, dejando escapar varias lágrimas de sus ojos, las cuales rápidamente limpió con sus manos, ya que no quería que sus padres le vieran triste, y menos cuando acababan de celebrar su grado.

Al llegar a la casa, Nicholas les dijo a sus padres que estaba muy cansado, les agradeció por la cena y se despidió deseándoles buenas noches, subió a su habitación y comenzó a buscar en su celular, las noticias que hablaban de Niki y el accidente de su esposa. Viendo las imágenes del yate y a su héroe derrumbado, pudo confirmar lo que había escuchado por la radio. Nicholas rompió en llanto, lloró en silencio toda la noche, a tal punto, que comenzó a pensar, que no era normal que este acontecimiento le afectara tanto, y culpó a lo emotivo que había sido el día anterior. Al llegar la mañana, se bañó y desayunó antes de que sus padres se despertaran, después les escribió una nota, la cual dejó sobre la mesa del comedor, donde decía que había madrugado a entrenar y que iba a estar toda la mañana jugando baloncesto, en la cancha del barrio. Hizo todo esto, para que sus padres no vieran lo hinchado que tenía sus ojos.

Al salir de su casa, la mañana estaba fría y comenzaba a salir el sol, tenía un fuerte dolor de cabeza; por lo que decidió caminar sin rumbo fijo. Más o menos a las 10 am, llegó a un centro comercial, el cual acababa de abrir sus puertas. Decidió entonces tomar un café, pues se sentía cansado de haber caminado por más de cinco horas. Una vez en la cafetería, se sentó en una de las sillas de la barra y llamó a la linda mesera que allí estaba. La chica al verlo tan afectado, se conmovió y de forma cariñosa tomó su pedido. Ella le preguntó: oye, ¿estás bien? A lo que él respondió con voz quebrada: No. Entonces, el comenzó a contarle las noticias que había visto y escuchado a cerca de su ídolo la noche anterior. La chica le dijo: yo también estoy muy triste por esa tragedia, de hecho, acabo de leer el periódico y están diciendo que el yate que presentó la falla técnica, es propiedad de un empresario local; y que muy seguramente, este empresario, tendrá que enfrentar cargos penales por negligencia. Nicholas le preguntó: ¿sabes el nombre de este empresario? Ella le respondió: No, pero es un importador de telas.

Nicholas respiró profundo, terminó su café y le pidió la cuenta. Se despidió de ella, pero antes le dijo: disculpa ¿cómo te llamas? A lo que ella respondió: Sarah.

Nicholas decidió llamar a su padre, para pedirle el favor de que lo recogiera en el centro comercial donde se encontraba. Mientras su padre llegaba, este estuvo caminando por los pasillos del centro comercial, viendo algunas vitrinas. De pronto, se dio cuenta que su tristeza había desaparecido, y pensó: el café de Sarah me hizo sentir muy bien.

Pasaron treinta minutos y el señor John llegó al centro comercial en donde recogió a Nicholas. Una vez adentro del carro, el señor John le dijo a Nicholas: hijo, no lo vas a creer, pero el accidente en el que murió la esposa de Niki Martínez, ocurrió en el mismo yate que vandalizaron en mi antiguo trabajo, el mismo por el cual me despidieron. Un amigo de aquella época me contó, que acaban de abrir una investigación; para ver si los vándalos dañaron algo más que la pintura del yate. Espero que esto no nos traiga más problemas a nuestras vidas.

Pasaron dos meses y llegó el momento que Nicholas tanto había esperado. Era viernes y el siguiente lunes comenzaban las clases en la universidad. Aunque se sentía contento, no dejaba de preguntarse por Niki, pues desde el accidente de su esposa, nadie sabía nada de él. Al parecer, el luto lo estaba enfrentando solo y recluido en su casa. Nicholas solo pensaba: espero que Niki tenga la fuerza para salir adelante.

Sus padres lo acompañaron al aeropuerto, y en la entrada de la sala de espera, se abrazaron los tres, y se dijeron lo mucho que se amaban, entonces la señora Mia, le besó en la frente y le dijo: hijito, pase lo que pase, siempre contarás con nosotros, no olvides que este sigue siendo tu hogar.

Nicholas sonrió, tomó su maleta de mano e ingresó a la sala de espera. Mientras caminaba miraba sus tenis, los tenis de Niki, viendo sus pasos se sintió confiado y fortalecido, listo para enfrentar el nuevo reto, que ahora la vida le presentaba.

Capítulo 2.

Ruth Díaz, era una jovencita de 14 años, que asistía a una escuela rural cerca de la hacienda cafetera en donde vivía con su madre, aquella hacienda tenía por nombre: Hacienda Morelia. Era una chica delgada, de cara bonita y cabello lacio; largo y abundante, su madre Teresa Díaz, era una campesina analfabeta de la región, que de joven había quedado embarazada de Juan Carlos Rojas De Mares, quien era hijo de Don Carlos Rojas, dueño de aquellas tierras cafeteras en donde vivía y trabajaba como empleada de servicios domésticos.

Un día mientras caía la tarde y después de salir de su escuela, Ruth se encontraba caminando por una vereda en dirección a su humilde casa, la cual era un rancho desvencijado, de madera y techo de paja; que tenían en la hacienda para la servidumbre. Adentro de aquel rancho solo había dos camas, una silla y una mesita de noche; todos los muebles ya eran viejos, debido a que hacía ya mucho tiempo, algún buen amigo se los había regalado; además sobre la mesa de noche tenían un puñado de velas con las cuales iluminaban las oscuras noches.

De pronto, Ruth sintió que un carro se acercó por detrás de ella. Al voltear a mirar, vio que venía una Toyota Land Cruiser Blanca, la cual era manejada por Don Carlos Rojas; quien al verla, detuvo su camioneta y la invitó a seguir. Una vez adentro le dijo: ¿tú eres la hija de Teresa verdad? Ella asintió, pues era incapaz de pronunciar palabra alguna, ya que aquel hombre corpulento y quemado por el sol, la intimidaba tan solo con su presencia.

Cuando llegaron a la casa de la hacienda, Don Carlos Rojas no se detuvo en la puerta de esta, sino que siguió hasta los establos y parqueó el carro adentro de estos, allí le dijo: ven niña, quiero mostrarte el último semental que compré para que preñe a todas las yeguas de mi hacienda. Ruth se sentía muy incómoda y quería salir corriendo de aquel lugar. Caminaron pocos pasos y entraron en un establo, el cual se encontraba vacío; en aquel mismo instante, Don Carlos Rojas tomó a Ruth por el cuello y le tumbó sobre el suelo; levantó su falda y arrancó su ropa interior. Así Ruth fue violada; a pocos metros de la cocina de la casa de la hacienda, en donde su madre estaba preparando la comida para sus patrones. Al terminar, Don Carlos Rojas le dijo: si dices una sola palabra de esto, las echaré de mi casa y haré que alguno de mis amigos las ahoguen en el río que pasa por detrás de mi hacienda. Ruth desgarrada y sangrando, salió corriendo a llorar sola en medio de un cafetal. Allí paso la noche entera, escondida y avergonzada de sí misma.

A la mañana siguiente y al ver que su hija no llegaba, Teresa llamó a Juan Carlos Rojas, y le dijo: patrón, Ruth no aparece, necesito que los trabajadores de la hacienda me ayuden a buscarla. Juan Carlos le respondió: mujer ¿que son estas horas de llamar? Ojala mi esposa y mis hijas, no se dé cuenta que estoy hablando contigo. Por favor, habla con el capataz para que te ayude, y dile, que yo ya autorice que entre todos busquen a Ruth, más tarde pasaré por allí a ver como salió todo.

Cuando Teresa se dispuso a salir de su casa, cruzó la puerta, y vio que Ruth venía caminando. Retrocedió un par de pasos y decidió esperar a que la joven entrara. Para el momento en el que Ruth entró en su casa, Teresa ya tenía en la mano un rejo de madera y cuero, con el que solía arrear las vacas. Al verla, Ruth quedo sobrecogida de miedo. Teresa le preguntó: ¿esta zurrona donde estaba? Ruth rompió en llanto, y comenzó a contarle a su madre con lujo de detalles la abyecta y cruel violación a la que había sido sometida por Don Carlos Rojas. Cuando terminó de contar su dolorosa experiencia, Teresa, cegada de ira, descargó varias veces su rejo sobre el cuerpo de Ruth, mientras le gritaba: ¡maldita puta, tú sedujiste a nuestro patrón! El dolor que sintió Ruth fue tan grande, que cayó desmayada sobre el suelo de tierra de su casa. Al cabo de dos días de estar inconsciente, Ruth despertó, y se dio cuenta que su madre le había encadenado la pierna derecha a una de las columnas de la casa. Todo le dolía y tenía una sed agobiante; así pasó un mes, y Teresa no le hablaba a Ruth, sin embargo, decidió liberarla para que le ayudara con la recolección de café, ya que estaban en tiempo de cosecha.

El mismo día que Teresa liberó a Ruth, esta tuvo que recoger café en uno de los sembradíos más alejados que tenía la hacienda. Y aconteció entonces, que al finalizar la jornada, Ruth decidió huir de aquel sitio. Soñaba con poder llegar a los Estados Unidos de América, donde esperaba poder vivir lejos del dolor.

Ruth caminó tres noches y tres días, por la orilla de aquel rio que pasaba cerca de la hacienda. Al atardecer del tercer día, Ruth llegó al mar, vio unas luces a lo lejos, e imaginó que era la ciudad capital de El Salvador. Pasó la noche en aquella playa, y al día siguiente, se dirigió a la ciudad. Estando sola y fatigada en uno de los parques de aquella gran ciudad, unos muchachos se acercaron y le ofrecieron algo de comer y de beber, debido a que se veía famélica. Allí conoció a Alex Jiménez, un jovencito de piel blanca, no muy alto y muy flaco, que había perdido a toda su familia en la última guerra civil que su nación había atravesado, y quien coincidencialmente, estaba haciendo planes para llegar a través del hueco a aquella tierra prometida, que parecía ser la gran potencia del norte. Así fue como con la ayuda de Alex, Ruth inicio su travesía por centro américa, hasta llegar al río grande en la frontera de México con Estados Unidos.

Aunque al principio de la travesía, Ruth admiraba y se sentía atraída por Alex, ella no permitió que nada romántico sucediera entre los dos. Dado que su primera experiencia sexual, la había dejado traumatizada.

Durante este arduo viaje, caminaban de sol a sol, comían lo que les regalaban por el camino, se bañaban cada vez que encontraban un riachuelo, y en las noches, Alex abrazaba a Ruth, pues hacia mucho frio y solo tenían una chaqueta grande con la cual ambos se cubrían.

Durante aquellas largas caminatas, Ruth le contaba historias a Alex de su niñez, las cuales describían siempre a una niña feliz, que vivía la mejor etapa de su vida, además, no perdía oportunidad alguna para resaltar los grandes valores y el amor infinito que su madre, la señora Teresa, le profesaba. Ruth también le decía a Alex, que su madre había viajado hacía ya un año a los Estados Unidos, y que la estaba esperando en la ciudad de los Ángeles.

Así pasaron casi dos meses y Ruth empezó a sentirse enamorada de Alex, entonces, faltando unos pocos kilómetros para llegar a la frontera, Ruth comenzó a imaginar que una vez cruzarán la frontera, iba a besar a Alex, para así pedirle que fuera su novio. Este pensamiento la hacía sentir muy ansiosa, ya que nunca había besado a nadie.

La noche que decidieron cruzar el gran río, Ruth estaba muy nerviosa, debido a que ella no sabía nadar. Alex improvisó unos flotadores con botellas desechables, que se amarraron a sus brazos. Alex amarró las botellas en los brazos de Ruth y así mismo, Ruth amarró las botellas en los brazos de Alex. Entonces se metieron en este gran río y en aquel momento, Alex en un acto de gallardía, le dijo a Ruth: ¡tranquila bebé, yo soy un excelente nadador, nos va a ir bien! Esto lo dijo para tranquilizarla; aunque la verdad era que Alex tampoco sabía nadar, puesto que su única experiencia con el agua, había sido cuando de niño jugaba con sus amigos en las playas del río que pasaba cerca de su ciudad natal.

Cuando ya estaban aproximándose a la otra orilla, la corriente del río creció súbitamente y uno de los flotadores improvisados que tenía amarrado Alex en su brazo derecho se soltó, él, al ver esto entró en pánico, hundiéndose de inmediato en aquellas oscuras aguas.

Ruth como pudo, llegó a la orilla y comenzó a buscar a Alex por la ribera de aquel río, gritaba con voz llorosa: ¡Alex, Alex, donde estás! ¡Alex contéstame! Así hasta que amaneció.

Al salir el sol, se vio forzada a seguir su camino hacia el norte, porque corría el riesgo de ser capturada por la guardia fronteriza de los Estados Unidos, y de esta forma ser deportada de nuevo a El Salvador.

Ruth siguió su camino en soledad y se tragó su dolor, no tuvo tiempo para llorar a Alex. Como ahora estaba del otro lado de la frontera, sabía que tenía que llegar a un sitio donde alguna comunidad latina le acogiera.

Tres semanas después, Ruth lo logró, llegó a un pequeño pueblo al sur de Los Ángeles California, donde la familia Martínez la recibió en su hogar.

Una mañana al despertar, se dio cuenta que hacía menos de cuatro meses, era una niña campesina que no conocía nada diferente a los campos de aquella hacienda cafetera, la cual ahora asociaba con un inconmensurable dolor. Se levantó de la cama y bajó a desayunar con la señora Ana, quien durante el desayuno le preguntó, si necesitaba elementos de aseo y algunas tollas higiénicas. En aquel mismo instante, Ruth fue consciente que llevaba cuatro meses sin que le llegara la regla. Un frio pasó por todo su cuerpo, y tuvo la certeza que llevaba en su vientre, el hijo de Don Carlos Rojas; aquel monstruo que le había violado y amenazado de muerte. Ruth comenzó a llorar; la señora Ana al verla le abrazó, pues para ella era muy claro lo que a Ruth le estaba sucediendo.

La señora Ana, quien para aquel entonces tenía 38 años, era la dueña de un supermercado en uno de los barrios de aquel pequeño pueblo. Entonces, al cabo de dos días, la señora Ana le dijo a Ruth que podía comenzar a trabajar atendiendo la caja registradora de su negocio, y que también, podía seguir viviendo en su casa. La señora Ana y Ruth se hicieron muy amigas, tanto que Ana comenzó a ver a Ruth, como si fuera una hija más. Conforme su amistad creció, Ruth comenzó a contarle todos los detalles de su vida, le contó de donde era, como y porque había tenido que huir de su casa, y todas las aventuras que vivió con Alex en su viaje por Centro América. También le contó cómo había muerto Alex, y lo culpable que se sentía por ello. Con cada historia que le contaba Ruth a la señora Ana, esta se solidarizaba más y más con ella, pues veía lo dura e injusta que había sido la vida para esta jovencita, quien estaba próxima a cumplir 15 años.

La familia Martínez estaba compuesta por el señor Eduardo Martínez y la señora Ana Oliveros. Quienes habían inmigrado a los Estados Unidos, gracias a una oportunidad laboral que se le había presentado al señor Eduardo, debido a que éste era un ingeniero sobresaliente en su especialidad. Tenían dos hijas, Lina y Jimena, las cuales habían nacido en aquel pequeño pueblo, además eran gemelas y estaban terminando su bachillerato, también estaban haciendo planes para entrar a la universidad.

Ese año, el día de navidad, Ruth rompió fuente, el señor Eduardo y la señora Ana llevaron a Ruth al hospital más cercano, en donde nació un lindo y saludable varón. Cuando Ruth le cargó en brazos, lloró de alegría y dio gracias al cielo por todo lo que le había sucedido. Pues el amor que en aquel momento estaba viviendo, era un bálsamo para su corazón. Mientras consentía a su bebé, le quitó la ropa para examinarlo, contó los dedos de sus manos y los dedos de sus pies, y se sintió feliz de haber traído al mundo a un hijo tan saludable. Seguido a esto, Ruth en su pensamiento le dijo a su bebé: hijito de mi corazón, te voy a cuidar toda la vida, no te preocupes que todo va a estar bien.

Estando ya en la habitación del hospital, la señora Ana, le pregunto a Ruth: ¿qué nombre le vas a poner a tu hijo? Ruth respondió: Mickey, como mi cantante favorito de salsa, Mickey Taveras. Acto seguido acostaron al bebé en la cuna y dejaron descansar a la madre.

Aquella noche la familia Martínez se fue a dormir muy contenta, puesto que la llegada del bebé, era el mejor regalo de navidad que les habían dado. Al día siguiente y muy temprano, la señora Ana se dirigió al hospital para ver cómo habían amanecido Ruth y Mickey, más sin embargo, tan solo al atravesar la puerta del hospital, el doctor de turno la estaba esperando. Al parecer, mientras dormía y sin que nadie se diera cuenta, Ruth había fallecido la noche anterior, a causa de una hemorragia uterina. El doctor le explicó que Ruth era muy joven y había tenido a un bebé muy grande para su anatomía, y que posiblemente este hecho había desencadenado la fatal hemorragia, Entonces el doctor le preguntó: ¿Qué relación tiene usted con el bebé? Ella de inmediato respondió: soy su abuela. El doctor le entregó un formulario para que registrara al bebé, en el que se hacía constancia de su parentesco; cuando la señora Ana comenzó a llenar el formulario, en la casilla donde se debía indicar el nombre, escribió: Niki Martínez.

Capítulo 3.

Era una mañana soleada en el centro de California, y la señora Ana en compañía del el señor Eduardo, se despertaban con los llantos de Niki, este tenía tan solo un mes de nacido. Ambos se miraron y dejaron escapar una tierna sonrisa. La señora Ana se incorporó de la cama y cargó a Niki, quien necesitaba con urgencia un cambio de pañal. Más tarde, ese día durante el desayuno, el señor Eduardo reflexionaba y compartía sus pensamientos con la señora Ana, entonces le dijo: Amor, no puedo creer lo afortunados que somos. Tu generosidad con aquella niña que encontramos escondida en nuestro jardín, nos ha traído la mayor de las bendiciones. Si no la hubieras recibido en nuestro hogar, no tendríamos hoy a Niki. Y continúo diciendo: Para mí fue muy triste cuando te extrajeron la matriz, pues siempre había soñado con tener un hijo varón, sin embargo, míralo... ¡es igualitico a mí! La señora Ana simplemente se sonrió.

Así fueron pasando los años, y Niki fue creciendo rodeado del amor de sus abuelos adoptivos y sus dos tías. Cuando Niki tenía siete años, le contaron que su madre se llamaba Ruth Martínez, quien lo había traído al mundo a los quince años. También le dijeron que su padre se llamaba Alex Jiménez, pero que él había fallecido en un accidente automovilístico. Le hicieron creer que Ruth había sido la hija mayor de Ana y Eduardo, y que había fallecido por un error que cometieron los médicos el día de su nacimiento.

Independientemente de esto, Niki siempre llamó Madre a la señora Ana y Padre al señor Eduardo.

Así, rodeado de amor y mimos, Niki fue creciendo y avanzando en su educación escolar, en donde demostró que las matemáticas se le facilitaban, siempre fue un alumno dedicado y responsable.

Cuando Niki estaba en el último año de Bachillerato, comenzó a jugar baloncesto en el equipo del colegio. Descubrió entonces que contaba con una habilidad innata para este deporte. La cual le hacía sobresalir durante los partidos, por tal motivo fue designado como capitán del equipo. Además, se convirtió en un joven muy apuesto y afortunado con las mujeres. Ya que a donde iba, todas las chicas quedaban deslumbradas por su habilidad y atributos físicos.

Unos meses antes de su graduación, Niki comenzó a notar que el señor Eduardo se venía tropezando con las cosas de la casa, además, estaba un poco olvidadizo y ya no hablaba tanto como antes. Por lo cual, ante estas evidencias, Niki buscó a la señora Ana para exponerle su preocupación. Aquel día, la señora Ana llamó a sus hijas por video llamada e hicieron una teleconferencia familiar. En aquella teleconferencia el señor Eduardo le explicó a sus hijas y a Niki, que estaba comenzando a sufrir las primeras instancias de la enfermedad de Alzheimer. Y que poco a poco, y de forma irreversible, iba a perecer, pues su esencia y personalidad se irían difuminando en el olvido, con cada día que pasara. Esta noticia fue devastadora para Niki, quien al oír esto, se lanzó a abrazar al señor Eduardo. El señor Eduardo le besó y le dijo: no te aflijas hijo de mi corazón, todavía nos queda tiempo. La conferencia continuó, y en ella revisaron las distintas aristas médicas y financieras que la familia tendría que enfrentar a causa de esta terrible enfermedad. De pronto, una de las hijas preguntó: ¿hace cuánto lo sabían? A lo que la señora Ana respondió: el dictamen médico nos lo dieron hace ya más de un año. Acto seguido, La otra hija también preguntó: ¿por qué no nos lo habían contado? Ana respondió de nuevo: no los queríamos asustar. En este momento, Niki totalmente ignorante de la complejidad de esta enfermedad pregunto: ¿asustar con qué, o de qué? El señor Eduardo tomó la palabra y les dijo: esta enfermedad es de tipo genético, y cabe la posibilidad de que ustedes la hayan heredado, sin embargo, actualmente existen unos exámenes genéticos muy sofisticados, que permiten saber si un individuo heredó tan aciago destino. También queremos que sepan que con su madre, estábamos ahorrando un poco de dinero, para hacerles los respectivos exámenes. Niki y sus tías quedaron en silencio.

Pasaron cuatro meses y llegó el día de la graduación, Niki se veía triste, pues su padre a causa de la enfermedad no había querido acompañarlo. Al terminar la ceremonia, Niki en compañía de la señora Ana se dirigieron en silencio a su casa. Al llegar, se percataron que el señor Eduardo no se encontraba allí, y nadie sabía cuál era su paradero. Rápidamente llamaron a la policía y comenzaron a buscarlo por todo el barrio. Al caer la noche, Niki salió al patio de la casa con lágrimas en los ojos, suspiró y miró al cielo, mientras decía en voz alta: ¡Padre! ¿Dónde estás? De pronto, escuchó la voz del señor Eduardo que le decía: aquí estoy. Niki se dio la vuelta y vio que el señor

Eduardo estaba escondido entre unos arbustos del patio de su casa. ¿Qué haces allí padre? Le pregunto Niki al señor Eduardo, el señor Eduardo le contestó: estoy buscando a Ruth y al bebé, ¿tú los has visto? Al escuchar esto Niki se conmovió de su padre, ya que estaba viendo como el señor Eduardo comenzaba a desvariar. Llamó entonces a su madre y entre los dos, llevaron al señor Eduardo adentro de la casa y lo acostaron en su cama, para que durmiera y descansara.

Debido a que el señor Eduardo cada día estaba más enfermo, Niki decidió no presentarse a la universidad, para poder contar con el tiempo suficiente y cuidar a su padre. Eventualmente, comenzó a salir por las noches a jugar baloncesto con sus vecinos, esto lo hacía solo si el señor Eduardo se había acostado a dormir y la señora Ana cuidaba de él.

Aconteció que una de aquellas noches, un caza talentos fue a ver jugar a su sobrino, en la misma cancha donde Niki estaba jugando baloncesto con los vecinos del barrio, al verlo, de inmediato reconoció a la próxima estrella de la NBA. Se acercó y le dijo: chico, ¿por qué no pasas por la oficina de mi equipo de baloncesto, para hacerte unas pruebas? quien sabe, de pronto te podemos contratar u ofrecer algún tipo de trabajo. A Niki le pareció que este señor le estaba tomando del pelo, pero entonces, el caza talentos sacó su tarjeta de negocios y se la entregó, en ella decía: Mike Thompson, director corporativo de, Los Ángeles Lakers. Niki le preguntó: ¿qué día y a qué horas debo estar en sus instalaciones? Mike le contestó: preferiblemente el próximo lunes a las 7 am, Niki preguntó de nuevo ¿qué debo llevar para las pruebas? Mike le contestó: hambre de éxito.

A la semana siguiente, Niki visitó a Mike en el lugar y hora acordados y presentó las pruebas físicas que le solicitaron. En todas ellas sobrepasó las expectativas, sus calificaciones estuvieron muy por encima de las calificaciones de grandes estrellas del deporte, que en años pasados también las habían presentado. De inmediato, le hicieron una oferta. Y Niki sin pensarlo dos veces la aceptó, pues necesitaba el dinero, ya que su padre no estaba trabajando y los ingresos del supermercado que tenía su madre, no eran suficientes para cubrir los gastos de la casa.

Así pasó un par de años, durante los cuales Niki entrenó todos los días, se volvió más fuerte, más ágil, y aprendió muchas estrategias, que de aplicarse correctamente durante los partidos, aumentaban las posibilidades de éxito. Adicionalmente, con el dinero de su sueldo, comenzó a pagar una enfermera que cuidara al señor Eduardo durante el día. Cuando terminaba de entrenar, siempre volvía de inmediato a su casa, puesto que por las noches, disfrutaba el poder acompañar a la señora Ana y al señor Eduardo, ya que era consciente de que debía estar muy atento a cualquier necesidad que surgiera como consecuencia de la terrible enfermedad, que sufría el señor Eduardo. Lastimosamente para aquel entonces, el señor Eduardo ya no reconocía a Niki. Niki no permitió que este hecho le afectara, porque no quería estar triste, durante el poco tiempo que les quedaba para compartir.

Un viernes por la noche, Niki llegó temprano a su casa, después de haber entrenado todo el día, se aproximaba la fecha de su debut en las canchas y no quería salir de fiesta; aquella noche la señora Ana no alcanzó a llegar temprano a la casa, debido a que una de sus empleadas se había accidentado en su negocio. Entonces, Niki se sentó al lado del Señor Eduardo y le saludó diciendo: hola señor Eduardo, ¿qué tal estuvo su día? El señor Eduardo le contestó: hoy estoy muy feliz, vino una niña de Centro América y nos ha regalado a su bebé, le hemos puesto por nombre Niki. ¿Cómo se llama la niña? Pregunto Niki, el señor Eduardo respondió: Ruth. Niki se quedó callado en espera de su madre. Al poco tiempo la señora Ana llegó a su casa, donde encontró a Niki viendo televisión en compañía del señor Eduardo. La señora Ana y Niki se dispusieron a preparar unas pastas para la cena. Estando en la cocina, Niki le contó a la señora Ana, la confusa conversación que había tenido con su padre. Madre, ¿tú sabes de que está hablando mi padre? Niki preguntó, la señora Ana dejó escapar de manera involuntaria una lágrima, la cual descendió rápidamente por su mejilla, mientras tanto, Niki la observaba temiéndose lo peor.

Al finalizar la cena, subieron al señor Eduardo a su habitación y lo acostaron en la cama para que descansara, entonces la señora Ana le dijo a Niki: hijito, acompáñame a la sala, debemos tomarnos un café. Ya una vez en la sala, y en compañía de una buena jarra de café, la señora Ana comenzó a contarle la verdadera historia de su madre, de cómo y porqué Ruth había escapado de la hacienda Morelia, también le contó quien era su verdadero padre, y quien había sido Alex en la vida de Ruth. Atónito, Niki escuchó toda la noche los detalles escabrosos de la violación de su madre, y de cómo su verdadera abuela la había castigado, golpeándola y encadenándola a una columna de la casa donde en aquel entonces vivían. Al finalizar su relato, siendo las dos de la madrugada, Niki no podía creer todo lo que la señora Ana le acababa de contar. Entonces Niki le preguntó: ¿porque me cuentas esto hasta ahora? A lo que la señora Ana le respondió: yo siempre pensé que lo mejor para ti era que supieras la verdad, sin embargo, mi amado esposo se opuso a ello, él pensaba que así te iba a proteger. Pero ya ves su estado, él ha olvidado quien eres, y no sé qué te puede llegar a decir. Prefiero que sepas toda la verdad de mi boca. En aquel momento, la señora Ana abrazó a Niki y le dijo: hijito de mi corazón, eres el sol, la luna y las estrellas de mi universo, doy gracias al cielo porque con tu presencia nos ayudaste a construir un hogar más feliz. Yo soy tu madre, y lo seguiré siendo hasta el último día de mi vida. Niki rompió en llanto.

Al día siguiente, Niki salió muy temprano a entrenar, se sentía muy contrariado ya que le pesaba el alma. Se preguntaba cómo sería la verdadera Ruth. Debido a que cuando era niño, le habían dicho que no tenían fotos de su madre, porque en la casa donde vivían, se había presentado un incendio, que había quemado los álbumes familiares. En ese momento pensó: que inocente fui.

Más tarde, ya en la cancha de baloncesto, se sintió desenfocado durante sus entrenamientos, ya que su mente lo había sumergido en una vorágine de dudas e incertidumbre; sus compañeros lo notaron callado y desconectado del equipo. Lastimosamente esta conducta fue repetitiva durante el resto de la semana.

Pasó el tiempo y llegó el día de su gran debut, al iniciar el partido todo parecía andar bien, sin embargo, a los pocos minutos, Niki había olvidado lo que era ser un buen jugador de baloncesto y comenzó a jugar como un aficionado mediocre. Al ver esta situación, el entrenador del equipo lo retiró rápidamente del partido, y lo hizo sentar en la banca, se acercó a él y le preguntó: ¿qué tienes muchacho? Niki con lágrimas en los ojos respondió: ya no sé quién soy.

El partido continúo y de todas formas su equipo quedo victorioso, una vez finalizado el partido, Niki sin despedirse de nadie se fue a su casa. Cuando llegó, entró en ella y se encerró en su habitación. La señora Ana, al ver este comportamiento, trató de entrar en su habitación, pero esta estaba cerrada con seguro, entonces le pregunto ¿qué tienes hijo? ¿No te fue bien en tu primer partido? Niki con voz quebradiza le dijo: madre, dame tiempo, mañana hablamos.

Al día siguiente, Niki se sentó en la mesa a desayunar con sus padres, para cuando hubieron terminado de comer sus alimentos, Niki les dijo: padres, quiero viajar a El Salvador. A lo que la señora Ana con una sonrisa respondió: Dale hijito, te va a ir muy bien, seguidamente, el señor Eduardo preguntó: ¿quién es Salvador?

Capítulo 4.

Era de noche y Niki se encontraba viajando en un avión camino a la ciudad de El Salvador. La noche estaba oscura y nublada, el avión se estremecía frecuentemente y con mucha violencia. Había en aquel vuelo, varios pasajeros que con rosario en mano rezaban a Dios, esperanzados en poder aterrizar sanos y salvos, así mismo, venían viajando varios bebés de brazos, que lloraban debido a la angustia que se sentía en el ambiente. Niki como todos los demás, estaba asustado y se cuestionaba si este viaje había sido una buena idea. Finalmente, cuando comenzó a aclarar el día, el avión descendió por debajo de las nubes y se dispuso a aterrizar. En aquel momento, Niki miró por la ventana y vio la exuberante tierra verde que le aguardaba. Pensó: desde lo alto se ven tierras muy fértiles.

Una vez el avión logró aterrizar, los pasajeros gritaron de júbilo y aplaudieron la pericia de los pilotos, quienes habían cumplido con su cometido. Unos minutos más tarde, abrieron las puertas del avión y todos los pasajeros comenzaron a descender de este. Cuando Niki salió del avión y descendió por la escalera que estaba al costado de este, sintió el calor húmedo y sofocante de aquella región. Extrañamente una sensación de paz vino a su ser.

Después de recoger sus maletas y pasar por migración, tomó un taxi que lo llevó a un pequeño hotel, el cual estaba ubicado en el centro de la ciudad. Las personas, los colores, los sonidos, el olor en el ambiente y el ritmo de vida de aquella ciudad, le eran nuevos, y aunque al principio le pareció caótica, rápidamente le resultó una experiencia confortable.

Una vez en el hotel, tomó una ducha, y salió a buscar algún lugar donde le pudieran alquilar un campero; preferiblemente con conductor, pues tenía miedo de perderse en aquel extraño país.

Después de mediodía, encontró un lugar donde le alquilaron un viejo Suzuki, el cual iba a ser manejado por Chepe, el hijo del dueño de aquel campero. Chepe era un joven de 22 años, que no había querido terminar su colegio, no se destacaba por ser muy disciplinado o trabajador, en general, su familia lo consideraba un buena vida, para quien no existía mayor expectativa que ir de fiesta con sus amigos.

Acordaron entonces verse al siguiente día a las 6 am en la puerta del hotel, para iniciar la travesía. Cuando Chepe llegó a recogerlo, pito dos veces y Niki supo que debía salir, una vez Niki se subió en el campero, Chepe le preguntó: Jefe ¿Para dónde vamos? Niki le respondió: la verdad no estoy muy seguro, estoy buscando la hacienda Morelia, sé que está ubicada en las montañas y que en ella cultivan café; además, me han dicho que cerca de ella pasa un río caudaloso. Chepe entonces le dijo, conozco una zona cafetera a seis horas de aquí, el terreno es montañoso y por allí pasa el río Martinica. ¿Quiere que comencemos a buscar su hacienda en aquella zona? Niki asintió con la cabeza y dijo: dale, comencemos por allí.

El viaje fue una experiencia incomoda, aquel Suzuki era muy pequeño para el tamaño de Niki, además carecía de aire acondicionado o ventanas laterales, pero lo peor, era que saltaba bruscamente con cada bache que pasaba. Transcurridas ocho horas de viaje, llegaron a un pueblo escondido entre las montañas, este pueblo se llamaba Cajamarca, famoso en la región, porque en aquel lugar, se comerciaba el café proveniente de las fincas ubicadas en las montañas más cercanas.

Se detuvieron a comer algo en la plaza del pueblo, en donde encontraron un puesto ambulante de burritos, allí se sentaron a comer unos burritos de la región, con una buena cerveza. Una vez terminaron de almorzar, Niki pagó la cuenta y le preguntó al señor que atendía aquel puesto ambulante: Buen hombre, ando buscando la hacienda Morelia ¿sabe usted si por aquí cerca está ubicada esa hacienda? El señor frunció el ceño, y con voz suave le dijo: ¿La hacienda de la Familia Rojas? Niki se alegró, pues se sintió muy afortunado, y respondió: ¡si señor! esa misma. El señor le dijo: Joven, tenga mucho cuidado con lo que está buscando, esa hacienda esta al norte del pueblo, donde termina la carretera. Hace muchos años nadie visita esa zona, pues ese sitio esta maldito. Niki preguntó: ¿porque esta Maldito? El señor le respondió: todos los dueños de aquellas tierras, murieron hace muchos años, además los cultivos de café fueron arrasados por la roya y ningún árbol volvió a dar fruto. Como si fuera poco, muchos han visto a una bruja deambulando con velas rojas encendidas, en las noches que no hay luna. Niki amablemente le agradeció la información, de inmediato le dijo a Chepe: vamos, ya estamos cerca. Chepe le preguntó: ¿seguro jefe? Niki asintió con la cabeza y se subieron al campero para retomar su viaje.

Conforme avanzaban el camino, este se hacía más angosto y escarpado. Finalmente, cuando comenzaba a caer la tarde, vieron a lo lejos la entrada de una hacienda. Era un pórtico construido en roca y tejas de barro. Una vez allí, sobre el pórtico pudieron leer un letrero que decía: Hacienda Morelia, Niki exclamo: ¡lo logramos!

Al adentrarse en la hacienda, condujeron por un camino rodeado de palmeras muertas y secas, al fondo de este camino, se veía la casa en ruinas de la hacienda; al llegar, estacionaron el carro al frente de la casa, Chepe muy asustado dijo: Jefe, yo mejor lo espero aquí, cualquier cosa me grita y yo lo alcanzo. Niki se bajó del campero, Chepe no apago el motor, pues estaba listo para salir corriendo, en caso de que algún espíritu o bruja hiciera una aparición. Niki entonces caminó hasta la puerta de la casa de la hacienda, con su mano abrió la pesada puerta e ingreso en ella, Chepe contuvo el aire mientras dejaba de verlo.

Una vez adentro, Niki caminó hasta el patio central de la casa de la hacienda, donde pudo ver una antigua fuente de agua, la cual estaba totalmente seca y fracturada. También había en aquel lugar, tres sillas de madera y varias macetas, las cuales ya no tenían plantas en ellas. Caminó un poco más y llegó a la cocina. Donde encontró unos tomates y cinco plátanos recién cosechados, exclamó: ¡buenas tardes! ¿Hay alguien en casa? Nadie contestó. Vio una puerta en aquella cocina, la cual conducía al exterior de la casa.

Caminó por ella y al salir encontró los establos de la hacienda, nuevamente exclamó: ¡buenas tardes! ¿Hay alguien en casa? Y de nuevo, no se escuchó nada. Avanzó veinte metros y entró en los establos, encontrando una Toyota Land Cruiser destruida y oxidada, no tenía el capó y le habían sacado el motor. Caminó alrededor de esta camioneta mientras pensaba: este debía ser el carro del degenerado que desgració a Ruth. Avanzó un poco más y entró en el único establo que se encontraba vacío, pues los demás estaban llenos de maleza y pedazos de madera. En aquel momento, sintió como su corazón le dolía y llegó a pensar que tal vez le iba a dar un infarto.

Decidió salir de aquel lugar. Una vez afuera, volvió a exclamar: ¡buenas tardes! ¿Hay alguien en casa? Y una anciana que le estaba mirando desde la puerta de la cocina le dijo: buenas tardes Joven, ¿qué necesita? Niki entonces se acercó a la anciana y se presentó diciendo: Mucho Gusto, me llamo Mickey Jiménez. La anciana le respondió: un gusto, yo soy Amanda Ramos ¿En qué le puedo servir? Niki le dijo: vera doña Amanda, vengo desde California buscando al señor Carlos Rojas, pues me habían dicho que en su hacienda producían un café legendario. La anciana le dijo: acompáñeme joven, le invito un café; ya una vez dentro de la casa, se sentaron en el patio central al lado de la fuente de agua, la anciana entonces allí le dijo: el señor Carlos Rojas falleció hace ya más de 19 años, y esta hacienda no produce un grano de café desde entonces. Me parece muy raro, que alguien en un país tan lejano, todavía se acuerde de nosotros. Niki entonces le preguntó: me dijeron que si no encontraba al señor Carlos, tal vez podría hablar con su hijo, el señor Juan Carlos Rojas ¿usted lo conoce? A la anciana se le aguaron los ojos, y respondió: si, Juan Carlos era mi esposo. Lastimosamente, el también murió el mismo día que murió su padre, de echo, todos murieron aquel nefasto día. ¡Lo siento mucho! exclamó Niki de forma apresurada, pasaron unos segundos y Niki le preguntó de nuevo a la señora Amanda: doña Amanda, le puedo preguntar ¿cómo murieron don Carlos y su esposo? la señora Amanda respondió: Pues verá joven, hace ya más de veinte años, aquí trabajaba una cocinera, ella se llamaba Teresa, y siempre había vivido en estas tierras, de hecho creo que nació en esta hacienda. Teresa tenía una hija, ella se llamaba Ruth, yo no la recuerdo muy bien, pero los trabajadores decían que era muy traviesa, y que por ello, Teresa tenía que amarrarla a una columna de la casa donde vivían, con una cadena metálica. Entonces, un día la niña logró escapar y huyó atravesando los cafetales de esta hacienda, lastimosamente, unos trabajadores aseguraron que la vieron saltar al río Martinica, en donde murió ahogada. A causa de esto, Teresa se enloqueció, porque se sentía culpable por la muerte de su única hija, a Teresa la vimos muy mal, gritaba y lloraba de forma desgarradora. Fue tanto su dolor, que terminó arrancándose todos los cabellos con sus propias manos, y tuvimos que amarrarla, ya que se estaba haciendo mucho daño. Mi esposo, alma bondadosa que en paz descanse, se llevó a Teresa a una institución psiquiátrica, donde la atendieron por seis meses. Un día, Teresa regresó, aparentemente se encontraba recuperada, y nos pidió que le volviéramos a dar trabajo, ya que aseguraba, que este era su hogar.

Mi esposo no quería recibirla, pero yo conociendo su tragedia, intercedí a su favor. Teresa, volvió a vivir en el rancho donde había vivido con su hija y todo parecía ser normal. Ese año celebramos la navidad, mi esposo, mis hijas, mis suegros y varios trabajadores de la hacienda. Había sido un buen año, ya que las cosechas fueron abundantes y todos nos sentíamos muy felices. Coincidencialmente, aquella noche yo me sentía enferma del estómago, debido a que llevaba varios días tomándome un purgante, tenía prohibido tomar alcohol, así que no brinde con champaña y me fui a dormir temprano. Al siguiente día, cuando me desperté, todo estaba en silencio, Salí entonces de mi habitación y encontré a todos tumbados sobre el suelo de la sala, estaban muertos… por sus bocas les salía sangre de color negro, la cual expelía un olor nauseabundo. Tomé en aquel momento el carro de mi suegro y conduje rápidamente en dirección al pueblo para pedir ayuda. Más tarde, regresé con el alcalde, el médico, el cura y la policía del pueblo. Entramos de nuevo en la sala y todos quedaron atónitos ante tan macabra visión. Entre el cura y el médico, revisaron los cuerpos, rápidamente llegaron a la conclusión de que se trataba de un envenenamiento colectivo. Me preguntaron si faltaba alguien de entre los cadáveres, de inmediato fui consciente de que el cuerpo de Teresa no yacía en este lugar, por lo que dije: ¡Teresa! Salí corriendo de la casa, dirigiéndome al ranchó donde esperaba encontrarla. Al llegar a aquel sitio, me detuve, y fui alcanzada por los policías que venían corriendo detrás de mí, uno de ellos tomó la iniciativa y abrió la puerta de aquel rancho, entró y entonces me invitó a seguir, al entrar, encontré a Teresa ahorcada con una cadena de metal, debajo de sus pies había un frasco que todavía contenía cianuro. Allí estaba esa bruja, que me arrebato toda la luz y el amor que existía en mi vida. Después de eso caí en depresión por más de una década, cerré la plantación, y no me di cuenta en que momento nuestros cafetales sucumbieron ante la roya. Para cuando me sentí recuperada, me encontraba sola en esta casa, que como vez, se está cayendo a pedazos. Todos están enterrados en el patio de al frente de la casa, inclusive Teresa se encuentra allí. Niki tomó las manos de doña Amanda, la miró a los ojos y le dijo: mi señora, lo siento mucho, siento haberla incomodado y le agradezco su tiempo. Doña Amanda le contestó: no se preocupe Joven, hacía muchos años no hablaba con nadie, ahora nadie viene por estas tierras. Pues todos en el pueblo, aseguran que esta hacienda esta maldita y es habitada por brujas y espíritus. Niki dio el último sorbo a su tasa de café, se incorporó y se despidió de doña Amanda. Cuando Niki se subió de nuevo en el campero, doña Amanda salió a despedirlo desde la puerta de la casa. Entonces, Niki le gritó: Doña Amanda, una última pregunta ¿dónde queda el rancho de Teresa? La señora Amanda respondió con voz fuerte, cuando pases el pórtico de la entrada de la hacienda, gira a la derecha, y en 600 metros le encontrarás.

Niki entonces le dijo a Chepe: Por favor llévame allá. A lo que Chepe, cada vez con más miedo, le respondió: ¿seguro jefe? Vea que ya son las seis de la tarde y se va a hacer de noche. Niki le dijo: tranquilo hermano, las brujas no existen, todos han confundido a doña Amanda con una bruja, es eso y nada más.

Tomaron rumbo hacia la casa de Teresa, a los pocos minutos llegaron a aquel lugar y nuevamente Niki se bajó del carro, mientras Chepe lo esperaba con el motor encendido. La casa o rancho de Teresa, para aquel entonces estaba derrumbada, el techo de paja se encontraba sobre un montón de tablas de madera. Niki tomó aquella paja y la hizo a un lado, descubriendo unas camas y una mesa de noche, las cuales estaban podridas. La mesa de noche tenía un pequeño cajón, al verlo, Niki decidió mirar lo que adentro tenía. Entonces, al abrir el cajón, descubrió una foto de Teresa y Ruth. En aquella foto, aparecían las dos muy bien vestidas, Ruth estaba vestida toda de blanco y Teresa estaba en Jeans y camisa roja, la foto la habían tomado en el parque del pueblo y en ella se veían muy felices. Niki se fijó en el rostro de Ruth, y descubrió que tenían la misma nariz, entonces, Niki cayó de rodillas y de sus ojos brotaron lagrimas cargadas de una infinita alegría. Pues por fin, había logrado conocer el rostro de su progenitora. Unos momentos más tarde, Niki se limpió las lágrimas de sus ojos y al ponerse en pie, movió unas tablas, las cuales generaron un sonido metálico, dicho sonido llamó su atención. Quitó algunas tablas y encontró aquella cadena con la que Teresa había amarrado a Ruth, la misma que utilizó para quitarse la vida. Niki la recogió y se la llevó con él. Cuando se subió de nuevo en el campero, Chepe le pregunto: ¿jefe está bien? A lo que Niki respondió: si, Chepe preguntó de nuevo: ¿jefe, para que es esa cadena? Niki respondió: es solo un mal recuerdo. Acto seguido, Niki le dijo: vamos, ya podemos regresar, Chepe asintió con la cabeza y exclamó: ¡gracias Jefe!

Cuando ya se estaban alejando de aquel lugar, Niki miró una última vez por el espejo retrovisor. De pronto, sobre los escombros de aquel rancho, una luz roja apareció, sintió en aquel momento un frio gélido correr por su cuerpo; pensó en decirle a Chepe, pero sabía que él era muy nervioso, y que podían accidentarse por estar corriendo con el carro. Niki giró su cabeza y en silencio miró esta luz roja, la cual lentamente ascendió al cielo hasta perderse entre las nubes.

Aquella noche lograron regresar a Cajamarca, en donde pernoctaron en una de las posadas que allí había. A la mañana siguiente, Chepe y Niki desayunaron y viajaron muy temprano de regreso a El Salvador. Cuando por fin llegaron a la ciudad, Niki le dijo a Chepe: Chepe, tengo que pedirte un último favor. Llévame a un taller donde tengan un soplete, Chepe le contestó: por supuesto jefe. Cuando llegaron al taller Niki y Chepe se bajaron del Campero, ingresaron en el taller y allí contrataron los servicios de un mecánico, quien con su soplete, cortó uno por uno los eslabones de la cadena que Niki había traído, una vez ya fríos los pedazos de metal, Niki los recogió en una bolsa de papel y le pidió a Chepe que lo llevara al puente que pasaba por encima del río Martinica. Estando allí, Niki se paró en la mitad del puente y comenzó a lanzar cada pedazo de metal, en las aguas de aquel caudaloso río, mientras pensaba en su madre y en aquella luz roja que vio, cuando se estaba yendo del rancho derrumbado de su abuela. Terminado todo esto, Niki le pidió el favor a Chepe que le llevara a su hotel, pues se sentía muy cansado y quería comer algo. Cuando llegaron al hotel, Niki le preguntó a Chepe: ¿cuánto te estoy debiendo? Chepe respondió: 350 dólares Jefe.

Niki saco 500 dólares de su billetera, se los dio y le dijo: quédate con el cambio. Chepe se alegró muchísimo y le agradeció a Niki por su generosidad. Entonces, Chepe le pregunto a Niki: Jefe ¿Cuantos días más va a quedarse en la ciudad? Niki respondió: no estoy seguro, tal vez me quede una semana. Chepe le dijo: Jefe, este fin de semana, unos amigos me están invitando a una fiesta en la playa, me quieren presentar un grupo de francesas muy bonitas, que están haciendo un documental en la ciudad ¿si quieres me acompañas? Niki respondió: voy a dormir un poco, mañana paso por el negocio de tu padre y hablamos.

Niki entró al Hotel, y una vez allí se dirigió a su habitación, se recostó cinco minutos sobre la cama, sacó del bolsillo de su camisa la foto que había encontrado de su madre y su abuela, la miró y cayó en un profundo sueño.

Capítulo 5.

Comenzaba a salir el sol en la ciudad de El Salvador, cuando Niki escuchó el bullicio de las calles, entonces abrió los ojos y vio como caía sobre él pequeñas partículas de polvo, las cuales estaban siendo iluminadas por la poca luz que se filtraba a través de las cortinas de tela que tapaban la ventana de su pequeña habitación. Por su mente comenzaron a pasar todos los recuerdos de los dos últimos días. Su corazón se columpiaba entre la alegría y la nostalgia. Decidió bañarse, vestirse, desayunar y salir a caminar por las calles de esa frenética ciudad, a eso de las 10 am se detuvo en una tienda de sombreros para comprar un sombrero tipo Panamá, pues el día estaba muy soleado y quería proteger su rostro.

Cuando iba entrando en aquella tienda, sintió un exuberante olor a rosas que aturdió sus sentidos por algunos segundos, entonces, vio como venía saliendo una hermosa mujer que acababa de comprar un lindo sombrero blanco, ella estaba muy bien vestida; usaba tacones, una blusa azul de lino y un pantalón blanco, los cuales le quedaban sueltos y remarcaban su esbelta figura. Niki no fue capaz de pronunciar palabra alguna, y pensó: es un ángel. Siguió adentrándose en aquella tienda, tratando de no perder el rastro de olor a rosas que todavía era perceptible en el ambiente. Compró el sombrero que quería y salió de la tienda para seguir paseando por las calles de la ciudad, cuando estaba comenzando a anochecer regresó al hotel, pues se sentía cansado de haber caminado todo el día, pasó por el frente del negocio del padre de Chepe y decidió entrar a saludar a Chepe. Cuando se vieron, Chepe le saludó diciendo: ¿Cómo esta Jefe? ¡Te queda bien el sombrero! Niki le respondió: gracias hermano, he decidido quedarme hasta el próximo domingo. Y la verdad, si me gustaría acompañarte a tu fiesta. Entonces, Chepe se sonrió y le dijo: Jefe te recojo el sábado en el hotel a eso de las 9 pm. Así acordaron los dos y Niki siguió de camino a su hotel.

Durante los siguientes días, Niki estuvo visitando museos, lugares históricos y restaurantes de comida típica. Finalmente llegó el sábado y tal como había dicho, Chepe pasó en su Suzuki por el hotel donde se hospedaba Niki y pitó dos veces, al escuchar esto, Niki supo que habían llegado a recogerlo, salió del hotel, se subió en el viejo campero y ambos amigos salieron de parranda; Chepe llevaba unas cervezas frías y el volumen de la radio a su máxima capacidad. Niki destapó una cerveza, tomó unos sorbos y comenzó a cantar algunas canciones que sonaban en la radio, entonces Chepe le dijo: no sabía que te gustaba la música latina, a lo que Niki respondió: de unos meses para acá, he comenzado a escuchar la salsa de Mickey Taveras y gracias a ello, he descubierto que este género musical me encanta, mi grupo favorito es Niche y eso si… nada mejor que un son cubano.

Al llegar a la fiesta, se escuchaban merengues, vallenatos, salsas y bachatas. Chepe presentó a Niki con todos sus amigos y amigas; todos fueron muy amables con él. Pasado un tiempo, Chepe se acercó a Niki para preguntarle: ¿Niki tú hablas Francés? A lo que Niki respondió: No ¿Por qué? Chepe contestó: es que el traductor que acompañaba a sus amigas francesas se ha enfermado y no podrá venir; por lo que no sé qué vamos a hacer cuando lleguen las francesas. Niki le respondió: no te preocupes, de seguro van a querer bailar y yo de eso algo sé, de niño mis tías me enseñaron.

Niki estaba terminando su cerveza, cuando decidió ponerse en pie y acercarse a la barra, pues quería ordenar un aguardiente que todos le habían recomendado, mientras esperaba a que se lo sirvieran, nuevamente sintió el aroma a rosas que hacía unos días lo había desconectado por unos instantes de la realidad. Se giró rápidamente y vio que venía Chepe en compañía de tres bonitas mujeres, al acercarse más chepe le dijo: Jefe, ven te presento a Janeth, Lucrecia y Marie Ann. Niki les dio la mano y se presentó así mismo, las chicas solo dijeron: hola, hola, halo, y se echaron a reír. Chepe les sirvió unas copitas de aguardiente, y se las llevó para así poder presentárselas al resto de sus amigos. Entonces, algunos minutos después todos salieron a bailar, pero Niki al verlos se sintió intimidado y se quedó sentado, ya que todos eran buenos bailarines. Cuando ya eran más de la una de la madrugada Niki escuchó una hermosa y romántica canción, era un son cubano que tiene por nombre AMAME (de la agrupación los Maraqueros). Se puso en pie y se dirigió a la pista donde se encontraba Marie Ann, gentilmente tomó su mano y la invitó a bailar. Marie Ann aceptó de inmediato, ella llevaba toda la noche esperando este momento. La canción no era muy rápida, por lo que Niki la pudo bailar bastante bien, él la tomó de su cintura, y a medida que avanzaba la canción, sus cuerpos se acercaban más y más, cuando sus pechos estuvieron unidos, Niki se fijó en su suave cuello, de donde era expelido este embriagante olor, que le seducía con locura. La adrenalina corría por su cuerpo y comenzaron a temblarle las piernas. En ese momento terminó la canción. Él la soltó y sus miradas se entrecruzaron, entonces, Niki dejó escapar un suspiro y seguido a esto le dijo: Marie Ann, como quisiera saber francés, para pronunciar las palabras correctas y así convencerte de que me des un beso. A lo que Marie Ann respondió: Pues dímelas mañana en español y tal vez lo haga. Niki se sintió avergonzado y con una tímida sonrisa le preguntó: ¿tú hablas español? Marie Ann respondió: Por supuesto, son mis amigas las que habían contratado un traductor, ya que ellas llevan trabajando un mes en este país y necesitaban ayuda con el idioma, en cambió yo llegué hace como cuatro días y soy descendiente de madre española. Marie Ann llevó su mano al mentón y le continúo diciendo: ¡mmmm! de hecho, me parece que ya nos habíamos visto en una tienda de sombreros, que queda cerca del centro de la ciudad. ¿En serio? Preguntó Niki y continúo diciendo: la verdad no lo recuerdo, pero no importa, lo importante es que ahora nos podamos comunicar.

Comenzó otra canción y Niki aprovechando el momento le preguntó: Marie Ann ¿quieres bailar esta canción conmigo? Marie Ann le contestó: esta y muchas otras más. La pareja siguió bailando por el resto de la noche sin pronunciar palabra alguna, cada uno estaba sintiendo el cuerpo del otro y ambos estaban abrumados por la experiencia. Cuando la música fue acallada, a eso de las tres y treinta de la madrugada, las amigas de Marie Ann se acercaron a la pareja. Tomaron a Marie Ann por la mano, se despidieron y se subieron a un taxi que las llevó a su hotel. Todo esto aconteció tan velozmente, que para cuando ya Marie Ann se había marchado, Niki cayó en la cuenta, de que no tenía su teléfono o su mail. Y pensó, que pendejo soy.

Finalmente y ya cuando comenzaban a asomarse los primeros rayos del sol, Chepe llevó a Niki a su hotel, una vez estuvo Niki en su habitación, recordó esas dos horas que acababa de vivir y pensó, debo estar en medio de una película de amor. Se acostó, suspiró una vez más y mientras pensaba en cómo se sentiría besar los labios de Marie Ann, sin darse cuenta se quedó dormido.

Toc, Toc, Toc. Sonó así la puerta de su habitación. Niki despertó y preguntó: ¿quién es? una señora con voz afanosa le contestó desde afuera: Señor Niki, le quiero recordar que su vuelo es a las 4 pm y ya es medio día. Corre el riesgo de que lo deje el avión. Niki saltó de la cama y dijo: Muchas gracias por despertarme y recordármelo. De inmediato se bañó, guardó su ropa en la maleta y también guardó en un sobre de manila la foto de su madre y su abuela, sobre que colocó en su mochila de mano. Pagó la cuenta del hotel, pidió un taxi y se fue rumbo al aeropuerto.

Una vez allí y después de haberse registrado y entregado su equipaje se sentó en una cafetería a tomar un café. De pronto, alguien por detrás le tapó los ojos y le dijo: Adivina quién soy. De inmediato Niki respondió ¡Marie Ann! Ella le preguntó: ¿cómo lo supiste? Niki le respondió: el perfume de tu piel te delató. Felizmente asombrado, Niki le preguntó: ¿qué haces aquí? Ella respondió: anoche cuando llegamos con mis amigas al hotel, me di cuenta que no tenía tu número celular o tu mail, de hecho por lo fuerte que sonaba la música, no escuche bien tu apellido. Así que esta mañana tuve que buscar a Chepe, para preguntarle por ti, de esta forma fue como me enteré que más o menos a esta hora ibas a estar aquí y quise despedirte para no perder el contacto contigo. Niki se sintió muy alagado, momento después le invito un café, y ambos se sentaron a hablar de la vida de cada uno. En aquella cafetería comenzaron a conocerse e intercambiaron teléfonos, correos electrónicos y se hicieron amigos en Facebook. El tiempo voló y se escuchó en el altavoz el llamado a abordar el vuelo, en el que viajaría Niki. Marie Ann, acompañó a Niki hasta la puerta que conducía a inmigración. Allí se abrazaron y acordaron verse en el futuro. Entonces, Niki le preguntó: ¿ya dije las palabras correctas? ¿Te puedo besar? Marie Ann se sonrojó un poco y le contestó: estuviste muy cerca. Y empinándose, le dio un pico en la boca y se retiró. Niki se sitio volar.

El vuelo tuvo dos escalas, al día siguiente muy de mañana Niki llegó a Los Ángeles, la señora Ana le estaba esperando en el aeropuerto. Cuando se vieron se abrazaron fuertemente y Niki exclamó: ¡Te amo madre! ya de camino a casa, Niki le contó todos los detalles de su aventura en El Salvador, le relató la triste historia que la señora Amanda le había contado, acerca de su abuela Teresa y de cómo había visto ascender al cielo el alma en pena de la misma. Cuando llegaron a la casa, Niki le mostró la foto que había encontrado; a lo que la señora Ana exclamó: ¡ella era

Ruth! Lo se madre, respondió Niki y continuo diciendo:
Madre una cosa más, conocí a una chica en este viaje,
ella se llama Marie Ann.

Capítulo 6.

Niki acababa de ganar su primer campeonato de la NBA y todos le felicitaban, pues era el héroe del momento, los hinchas gritaban su nombre y desde la tribuna se escuchaba: ¡te amamos Niki! más en su mente, solo contaba las horas y minutos que faltaban para que en París amaneciera y así poder llamar por teléfono a Marie Ann; y decirle que ahora era el campeón. En eso se acercó Mike Thompson, caza talentos y director ejecutivo del equipo y le dijo: chico, estoy muy orgulloso de ti, no sé qué te pasó en tus vacaciones en El Salvador, pero estoy pensando en enviar a todo el equipo a vacacionar, el próximo año a ese país. Me sorprende el maravilloso cambio que has tenido, la diferencia entre tu debut como jugador profesional y el resto de partidos de la temporada es colosal. Estoy muy feliz, sabía desde el día que te conocí, que ibas a ser una gran estrella. Niki le respondió: señor Mike, mi familia y yo estamos en deuda con usted y le agradecemos infinitamente por esta oportunidad que me brindó. Mike, vio los ojos de Niki y reconoció lo sincero de sus sencillas palabras, entonces sonriendo, le dio un fuerte abrazo y un par de palmadas.

Más tarde esa noche, todo el equipo salió a festejar; el héroe del momento era Niki, y todos querían tomarse fotos con él. Ya para aquel entonces, Niki contaba con un club de admiradoras, hecho que en ocasiones hacia poner celosa a Marie Ann.

A eso de las dos de la madrugada, Niki se despidió y se fue a su apartamento, el cual había comprado recientemente y estaba ubicado en el centro de la ciudad. Al llegar, salió a la terraza y llamó a Marie Ann, ella de inmediato le contestó, él le dijo: Amor ganamos, sin embargo me siento un poco triste porque no pudiste estar a mi lado. Ella le respondió: Vida lo sé, pero mi madre está atravesando una de sus peores crisis, los médicos anoche me han dicho, que ya no le queda mucho tiempo, debido a que el cáncer la tiene totalmente invadida. Niki respondió: lo se amor, no quería hacerte sentir mal, lamento mucho la noticia que me has dado. Quiero que sepas que cuentas conmigo.

Una vez colgaron, la madre de Marie Ann, la señora Josefina le preguntó a su hija: ¿era Niki? A lo que Marie Ann respondió: Si madre. Ambas se encontraban en el hospital oncológico de París, Marie Ann había pasado la noche allí acompañando a su desahuciada madre. La señora Josefina, le dijo a Marie Ann: dime hija ¿cómo están? ¿Ya cuanto llevan? Marie Ann respondió: estamos muy enamorados madre, ya se cumplen seis meses de nuestra primera cita, aquella vez que le visité en Nueva York. Cierto, ya lo había olvidado, dijo la señora Josefina y continuó diciendo: es una lástima que tu padre ya no esté con nosotras, cuando éramos jóvenes, siempre idealizábamos una pareja para ti, honestamente, nunca pensamos en un deportista descendiente de latinos, pero no importa, veo que se aman mucho y eso es lo más importante, si ustedes dos se llegasen a casar, me alegraría mucho, pues no quisiera irme de este planeta, sabiendo que te he dejado sola en la vida. Las lágrimas de la señora Josefina comenzaron a brotar de sus ojos.

Madre no estés triste, todo va a salir bien, ya verás que de esta salimos, le dijo Marie Ann; acto seguido Marie Ann tomó su mano, la besó y le dijo: Madre, cuéntame más del abuelo, sé que él estuvo defendiendo a Madrid durante la guerra Franquista, dime como logró sobrevivir. Entonces la señora Josefina comenzó a relatar las muchas historias que todavía recordaba de su infancia y su familia, así entre historias de antiguas batallas, corridas de toros y grandes banquetes de tapas y paellas, Marie Ann, se quedó dormida.

Al día siguiente, sonó la puerta de la habitación, Toc, Toc, Toc; Marie Ann y la señora Josefina recién se estaban despertando, cuando Marie Ann abrió la puerta, aún con los ojos medio cerrados exclamó: ¡Vida! ¿Qué estás haciendo aquí? Niki respondió: anoche después de que hablamos, no pude dormir, llamé a un amigo que me prestó su avión y nos vinimos literalmente volando. Niki tenía en sus manos un ramo de flores, las cuales colocó gentilmente al lado de la cama de la señora Josefina, a lo que la señora exclamó: ¡qué vergüenza contigo Niki! Yo en estas fachas. Niki se sonrió y les dijo: chicas, no se preocupen por mí, voy a bajar a desayunar en la cafetería de la clínica, y cuando estén listas, subiré a acompañarlas. Entonces, Niki salió de la habitación, Marie Ann lo despidió con un beso y cerró la puerta y le dijo a su madre: ¡Me muero de amor! Su madre se alegró profundamente.

Pasó así una semana y la condición física de la señora Josefina, siguió empeorando; un día, cuando ya estaba atardeciendo, Niki entró en la habitación; venía vestido de traje y lo acompañaba su madre, la señora Ana, quien el día anterior había llegado a París en un vuelo comercial. Después de presentarlas, Niki se acercó a donde Marie Ann estaba sentada y poniendo su rodilla en el suelo, sacó un anillo de esmeraldas y le dijo: amor, con nuestras madres y Dios como testigo, te pido que seas mi esposa. Marie Ann y la señora Josefina quedaron atónitas ante tan poca convencional situación. Marie Ann, no sabía que decir, entonces volteó a mirar a su madre, quien con una enorme sonrisa llevaba un buen rato asintiendo rápidamente con su cabeza. Marie Ann se lanzó sobre Niki, lo abrazo del cuello, le dio un largo y apasionado beso, y le respondió: ¡por supuesto que acepto!

Pasaron quince días, y el señor Eduardo con sus dos hijas llegaron a Paris; todos se ubicaron en la pequeña casa del siglo XVI de la señora Josefina, la cual quedaba en el centro de la ciudad; rápidamente, entre las mejores amigas de Marie Ann y las tías de Niki, organizaron la boda.

Faltando una semana para la boda, Marie Ann y sus amigas, se reunieron en la casa de una de ellas, para estar una última vez congregadas como chicas solteras. Diana, la mejor amiga de la infancia de Marie Ann, tomó la palabra y le dijo: Marie Ann, yo no puedo creer lo que estas a punto de hacer ¿No es una decisión precipitada? es decir, conoces a este hombre hace menos de un año y solo llevan seis o siete meses de noviazgo; sabemos que es muy exitoso y apuesto, pero ¿estas segura amiga? yo creo que todavía estamos muy jóvenes. Marie Ann respondió: no te preocupes por mi Dianita, yo siento desde el fondo de mi corazón, que mi decisión es la correcta y me siento la mujer más afortunada del mundo, pues al casarme tan joven, espero poder compartir muchos años con mi Niki. Diana replicó: mentiras, dinos la verdad ¿acaso es una bomba en la cama? Marie Ann respondió: la verdad, eso es algo que solo nos concierne a los dos, pero te diré lo siguiente; cuando mi cuerpo está entre sus brazos, es como si fuera un lienzo en el cual él dibuja las caricias más placenteras que jamás había sentido. No es una bomba como tú dices, es más bien, un maestro en el arte del amor. Y lo que me hace vivir es inolvidable. De inmediato Diana exclamó: ¡Claro, eso lo explica todo! y todas se echaron a reír. Así transcurrió la noche, entre historias, margaritas y buenos deseos.

Aconteció que llegó el día de la boda, a ella asistieron la madre y las amigas de Marie Ann, el señor Eduardo con su esposa y sus hijas, dos amigos basquetbolistas con sus esposas, los cuales jugaban en el mismo equipo de Niki y un reverendo, quien oficiaría la ceremonia. La boda tuvo lugar en el jardín de la clínica donde se encontraba internada la señora Josefina, este era muy amplio y lleno de flores, durante todo el evento, muchas personas incrédulos ante el extraño acontecimiento, comenzaron a grabar con sus teléfonos celulares lo que allí estaba sucediendo. Rápidamente, las redes sociales explotaron y todo el mundo fue participe de esta unión genuina, de dos almas que se amaban incondicionalmente.

Para cuando inició la boda, el señor Eduardo ya se había quedado dormido en su silla; entonces, entró la señora Josefina sentada en una silla de ruedas, la cual venía siendo empujada por Marie Ann, se acercaron a

Niki y la señora Josefina, tomando la mano de Nike le dijo: querido Niki, te entrego a mi único tesoro, te suplico que cuides de ella, respétala siempre y prométeme, que pase lo que pase, nunca dejaras que fume, no quiero que corra con un destino tan trágico como el mío. Ámense mucho y tengan muchos hijos. Al escuchar estas palabras Niki sintió como un nudo se le comenzaba a hacer en la garganta; y le respondió: te doy mi palabra que así lo haré. Avanzó la ceremonia; Cuando Niki dijo sus votos; estos estaban cargados de poesía y significado, seguidamente, le llegó el turno a Marie Ann para decir sus votos; y dos de sus amigas se acercaron con una guitarra y unas maracas, en aquel momento, Marie Ann comenzó a cantar aquella canción con la que se conocieron, ÁMAME (de los maraqueros); al oír esto, Niki fue doblegado por la emoción y de sus ojos brotaron las más tiernas lágrimas, que hombre alguno hubiese derramado por una mujer. Al finalizar la boda, la señora Josefina se despidió de todos; y uno de los enfermeros que emocionado veía lo que allí acababa de suceder, la llevó de nuevo a su habitación, donde la acostó y la conectó a las máquinas que monitoreaban sus signos vitales.

Más tarde, todos se reunieron en un restaurante de comida francesa, donde rieron, bebieron y contaron anécdotas de tiempos felices. Entonces, la pareja de recién casados se despidieron de todos y se fueron a un lujoso hotel de la ciudad, aquella noche por fin entendieron lo que era ser un solo cuerpo y una sola carne. Al amanecer, Niki besó la espalda de Marie Ann, de inmediato ella sintió un corrientazo que la despertó llena de alegría. Ambos se bañaron en el jacuzzi de la habitación, después allí mismo desayunaron y a eso de medio día regresaron a la clínica, para seguir acompañando a la señora Josefina. Una vez llegaron a aquella habitación donde Josefina se encontraba, vieron que la madre de Niki le estaba acompañando, pues llevaban más de seis horas comadreando. Al entrar Niki y Marie Ann en la habitación, todo fue júbilo, abrazos y amor.

Pasaron veintidós días, Niki y Marie Ann estaban viendo la televisión en la cafetería de la clínica; se encontraban tomando la cena; en ese preciso instante, la señora Josefina falleció mientras dormía. Tres días más tarde, la pareja en compañía todavía de la señora Ana, regaron las cenizas de la señora Josefina en el río Sena. Debido al luto que Marie Ann estaba atravesando, decidieron posponer la luna de miel por seis meses.

Niki tuvo que regresar a los Ángeles, pues debía volver a prepararse físicamente para el campeonato de ese año, sin embargo, la señora Ana se quedó acompañando a Marie Ann, ya que ella había decidido recoger todos los muebles y objetos personales de su madre y enviarlos a los Ángeles; donde los guardaría con mucho afecto. Una vez despachado el trasteo, Marie Ann puso en alquiler la vieja casa de su madre y junto con la señora Ana, tomaron un par de vuelos, que días después las llevarían a los Ángeles, para así iniciar una nueva vida al lado de su amado esposo.

Capítulo 7.

Amanecía y el día se presentaba lleno de emociones y nuevas aventuras. El sol brillaba y las azules aguas del caribe colombiano, se confundían entre la realidad y la ficción. Aquella isla de Providencia, era el edén secreto para las personas que querían descansar de la fama y sus seguidores. Niki y Marie Ann, llevaban en aquella paradisiaca isla un poco más de una semana y se encontraban celebrando su luna de miel. Hacía dos días, su mejor amigo y compañero de equipo, Kyle Jackson, le había llamado desde un flamante yate que un conocido le había alquilado. En aquella llamada Kyle le dijo a Niki: mi hermano, ando navegando en un espectacular yate que un amigo me ha alquilado a precio de ganga, recientemente zarpamos de Cancún, me acompaña mi esposa y mis hijos. Me enteré que estamos cerca; llamé a tu madre y me dijo que estas con tu esposa en la isla colombiana de Providencia, entonces pensé; sería chévere pasar a saludarlos un ratico y si se animan podemos salir de pesca por la zona. Cuando Niki escuchó aquella propuesta, se emocionó pues nunca había pescado en su vida, y le contestó: déjame y le pregunto a Marie Ann, y ya te digo; pasó medio minuto y volviendo al teléfono respondió: dale mi hermano, aquí los esperamos.

La esposa de Kyle, Rossana, era una hermosa modelo que llevaba seis años retirada de las pasarelas de Milán, la pareja tenía dos hijos, Emily de 5 años y Jacob de 3.

Aquel soleado día, Niki después de alistarse, salió al balcón y vio en el horizonte, que se acercaba un yate de color blanco perlado, el cual medía más de setenta pies de largo, al verlo llamó a Marie Ann para que saliera al balcón y así poderle mostrar la flamante embarcación. Cuando Marie Ann lo vio, le dijo: Amor tengo un poco de miedo, se parece mucho al barco en el que mi padre naufragó. Niki le contestó: no te preocupes chiquita, yo te estoy cuidando, además no estamos en el mar del Norte, y mira, no hay una sola nube en el cielo. Entonces Niki y Marie Ann terminaron de alistarse, tomaron sus maletas de mano donde cargaban sus documentos, bloqueador solar, algunos artículos de aseo y una muda de ropa, en caso de que llegaran a necesitarla. Salieron del hotel donde se hospedaban y caminaron hasta el malecón donde ingresaron al embarcadero y esperaron allí a que les recogieran. Justo antes de subirse a la embarcación, Marie Ann le dijo a Niki: Vida, mejor ve tu solo, creo que me acaba de llegar mi periodo, prefiero esperarte en la habitación del hotel. Niki le respondió: amor, no quiero hacer esto sin ti, te aseguro que tan descomunal barco debe tener baños y más de una habitación, donde podrías acostarte a descansar. Marie Ann dijo: tienes razón amor mío, y se subieron a la embarcación.

Zarparon de Providencia y tomaron rumbo norte, las señoras de inmediato ingresaron a la sala donde los niños estaban jugando; allí mantuvieron una larga y apacible conversación, mientras tanto, Kyle y Niki echaban sus anzuelos al mar; al poco tiempo, Niki sacó su primer atún, la lucha fue fuerte, la emoción intensa y el tamaño de aquel enorme pez, muy gratificante. Conforme se adentraban en el inmenso océano comenzaron a verse en el horizonte las primeras nubes negras, que presagiaban un peligro inminente. El capitán de la nave, bajó del puente a buscar a Kyle, para comunicarle el aviso que acababa de recibir por la radio. Todo indicaba que se estaba formando un huracán, el cual estaba girando con dirección al sur, por tanto, se encontraban en riesgo inminente de colisión con la tormenta. Kyle le preguntó a Niki: ¿hermano que hacemos? ¿Nos devolvemos? Niki respondió: no sé, sería una lástima, estamos teniendo una muy buena pesca; Kyle tomó la palabra de nuevo y le dijo: podemos girar al oriente y tratar de alejarnos de la tormenta. Niki asintió diciendo: me parece una buena idea. Acto seguido el capitán les dijo: concuerdo con el señor, además estamos en una robusta nave, capaz de enfrentar cualquier condición climática. De inmediato el capitán se retiró al puente, he hizo caso de lo que Kyle y Niki habían considerado. Pasaron cuatro horas y la tarde se había vuelto oscura, Niki y Kyle, ya cansados de la pesca, decidieron entrar a donde las señoras se encontraban para departir un momento con ellas. Entonces Rossana les preguntó: ¿tienen hambre? Los señores respondieron al unísono: sí; Rossana les dijo: les voy a dar unas palomitas de maíz mientras preparo la comida, Marie Ann intervino diciendo: ven querida, déjame ayudarte con algo. Y ambas señoras se levantaron y se dirigieron a la cocina. En aquel preciso instante, Rossana tomó un paquete de palomitas de maíz instantáneas y lo colocó adentro del horno microondas, que tenía la cocina de aquella embarcación. Le programó un minuto, pero cuando le dio enter, se escuchó una fuerte explosión en el cuarto de máquinas. De inmediato, las luces se apagaron y los poderosos motores de la embarcación se detuvieron. Todo quedó en silencio, y los niños salieron corriendo a buscar a su madre.

Entonces Niki preguntó: ¿qué está pasando? justo en ese momento entró el capitán de la nave, quien venía acompañado del mecánico de esta, y les dijo: buenas tardes señores, al parecer, hemos tenido un corto eléctrico en alguno de los sistemas de la nave, les pido estén calmados, pues de inmediato vamos a bajar al cuarto de máquinas, para solucionar el problema. Marie Ann caminó hacia donde Niki se encontraba sentado, se sentó a su lado y le dijo: abrázame mi vida que tengo miedo. Niki sin decir palabra alguna la abrazó.

Estuvieron allí sentados por tres horas más, el ambiente se hizo tensó y el manto oscuro de la noche cubrió la embarcación. De repente, un rayo cayó a pocos metros de donde se encontraban y las primeras gotas del huracán Matilda, comenzaron a caer sobre la cubierta de aquel lujoso yate. Kyle bajo muy nervioso al cuarto de máquinas, donde el capitán y el mecánico estaban tratando de reparar el daño, una vez allí les preguntó: ¿señores cómo van? el capitán le respondió: me temo que el daño es más grande de lo que creímos, el corto se extendió por todos los sistemas de la nave y nos hemos quedado sin energía de respaldo, lo cual nos deja expuestos ante la tormenta y sin posibilidad de pedir ayuda ¿entonces qué hacemos? preguntó Kyle, el capitán le respondió: por favor sube y has que todos se pongan los chalecos salvavidas. Kyle subió rápidamente, he hizo lo que el capitán les ordenó.

Rossana tomó a sus hijos y los llevó a la habitación principal, la cual se encontraba bajo cubierta, les abrazó y comenzó a contarles un cuento infantil, que recordaba de su niñez; mientras tanto Niki y Marie Ann se abrazaban todavía sentados en el sofá de la sala, Marie Ann temblaba y frecuentemente le decía a Niki: amor no me sueltes, tengo mucho miedo.

Rápidamente el oleaje comenzó a sacudir la embarcación, el huracán se encontraba ya a pocos kilómetros, las olas comenzaron a sobre pasar la cubierta de la nave, los rayos no paraban de caer iluminando por instantes los rostros de Niki, Kyle y Marie Ann, quienes ahora se aferraban con fuerza a los muebles de la sala. Entonces se escuchó un grito aterrador, seguido a esto el mecánico subió rápidamente a la sala y les dijo: ¡el capitán está herido, necesito que me ayuden! Niki mirando a Marie Ann a los ojos le dijo: amor, espérame aquí, no tardo más de un minuto; Marie Ann tomó un respiro profundo, apretó su mano y le dijo: ve amor, no tardes por favor; Niki y Kyle bajaron al cuarto de máquinas para ayudar al capitán, este se encontraba debajo de uno de los motores de la nave, el cual se había soltado debido a las fuertes sacudidas que sufría la embarcación. Trataron de sacarlo, pero ya era demasiado tarde, el pesado motor había aplastado el pecho del capitán; deteniendo en el acto su corazón. Entonces, la embarcación dejó de sacudirse y un silencio aterrador hizo posesión de la nave, Niki exclamó: ¡Marie Ann! rápidamente subió las escaleras, abrió la puerta de la sala donde Marie Ann le estaba esperando; allí la encontró de pie, mirando al horizonte. Ella giró su cabeza y le dijo: Amor... en ese momento una ola golpeó la embarcación. Este leviatán que estaba siendo impactado por múltiples rayos a la vez, como si Zeus le estuviera cazando, rompió las ventanas de la sala inundando aquel lugar, Niki fue lanzado con violencia por aquellas aguas iracundas, descendiendo rápidamente por las escaleras que conducían al cuarto de máquinas; allí Niki quedó inconsciente. El embate de esta monstruosa ola fue tan fuerte, que hizo dar una vuelta completa a la embarcación. Instantes después, Kyle herido se acercó a Niki, le dio de cachetadas y lo despertó. Niki gritó: ¡Marie Ann! y nuevamente subió por las escaleras, pero al abrir la puerta para entrar en la sala, no encontró nada ni a nadie. La fuerza de la tormenta había arrancado esta parte de la nave. A Marie Ann, el océano la había arrancado de la vida de Niki. En aquel mismo momento Niki cayó de rodillas y mirando al cielo gritó: ¡Amor donde estas! de inmediato Kyle se lanzó sobre él, y con todas sus fuerzas lo ingresó nuevamente al cuarto de máquinas. Allí Niki lloró lágrimas de sangre y fuego, allí los tres hombres esperaron a que pasara la tormenta.

Dos días después, fueron encontrados por la guardia costera de Colombia, quienes los remolcaron a tierra firme. Cuando Niki se bajó del yate, estaba visiblemente demacrado, ya que no había vuelto a comer alimento alguno. Caminó solo hasta su hotel, encerrándose en su habitación, se acostó en la cama y se cubrió con toda la ropa de Marie Ann, debido a que esta aun guardaba su exuberante olor a rosas.

Al siguiente día, tocaron a su puerta y al ver que no habría, el conserje utilizó la llave maestra para ingresar en la habitación, Niki se encontraba sentado en el balcón de la habitación, mirando hacia el horizonte, escuchó la voz de doña Ana que le decía: hijito, he venido a ayudarte, no alcanzo a imaginar el dolor que estas sufriendo, pero quiero que sepas que siempre vas a contar conmigo. Niki se giró, miró a los ojos a la señora Ana, rompió en llanto y le dijo: ¡Madre fue mi culpa! la señora Ana no pudo contener más sus lágrimas y le abrazó, allí por horas estuvieron hablando de lo sucedido.

Llegada la noche, la señora Ana recogió la ropa de Marie Ann y Niki y la guardó en las maletas. Pidió un taxi y salió con su hijo camino al aeropuerto. Después de viajar por más de doce horas y hacer dos escalas, Niki y la señora Ana regresaron a los Ángeles. La prensa les esperaba en el aeropuerto, pero Niki se negó a hacer cualquier declaración. De allí ambos se fueron para la casa del señor Eduardo y la señora Ana, en donde le esperaban sus tías. Cuando entraron en la casa, todos le abrazaron; extrañamente el señor Eduardo también le abrazó, ya que parecía ser consiente por fugaces instantes, del infinito dolor que su hijo sentía. Niki se quedó con sus padres y no salió de su habitación por un mes. Finalmente, cuando lo hizo estaba muy delgado debido a que comía muy poco, también tenía una incipiente barba y el cabello largo. Entonces se dirigió a las oficinas generales de Los Ángeles Lakers, donde presentó su renuncia; aunque todos le pidieron que no lo hiciera, su decisión era inamovible. El mismo Señor Mike Thompson, al saber que Niki se encontraba en el edificio, le buscó y al encontrarlo le dijo: Chico, siento mucho tu perdida, ve y descansa, está siempre será tu casa y cuando quieras podrás regresar. Niki le agradeció sus gentiles palabras y se marchó camino de su apartamento.

Una vez ya en su apartamento, Niki recogió todas las cosas de Marie Ann y las guardó en varios baúles de madera, después llamó a un equipo de mudanzas y les pagó, para que se llevaran estos baúles y los guardaran en el mismo sitio, donde se encontraban los artículos personales de la señora Josefina, la madre de Marie Ann. Al finalizar ese día, Niki salió al balcón de su apartamento y lloró hasta quedarse dormido en la mecedora que allí tenía, mientras se repetía una y otra vez: Fue mi culpa.

Capítulo 8.

Amanecía y el dolor de cabeza que Niki sentía era insoportable, abrió los ojos y vio a dos voluptuosas mujeres que estaban desnudas a su lado. Se sentó en la cama preguntándose lo que había ocurrido la noche anterior, francamente recordaba muy poco. Sobre la mesa de noche, todavía estaban un par de líneas de cocaína que habían olvidado consumir. En aquel momento enrolló un billete de cien dólares y las inhaló. Eufórico se levantó de la cama, se colocó un jean, una camiseta sucia, unos lentes de sol y unos viejos tenis. Salió de la habitación de aquel hotel de mala muerte, donde se encontraba, y buscó en la calle una cafetería para ordenar un café con dos donas.

En un pequeño televisor vio las noticias de la mañana, en ellas decían: se cumple hoy un año de la fatídica desaparición de Marie Ann Lecoeur, esposa de la ex estrella de baloncesto Niki Martínez. En ese momento, Niki se dio cuenta que era veintiuno de abril. El presentador de aquel noticiero continuó diciendo: lastimosamente nadie sabe del paradero de Niki Martínez, desde su último escándalo, en el que fue hallado culpable, de haber estrellado su Ferrari contra un camión de bomberos, debido a que se encontraba bajo la influencia de drogas fuertes y alcohol.

Niki salió de aquel lugar, y buscó un teléfono público, para llamar a casa de sus padres; la señora Ana al contestar le dijo: ¿Hijito dónde estás? por favor regresa a la casa y pronto, a tu padre le quedan pocos días. Niki respondió: Madre, lo siento mucho pero no iré; mi padre hace mucho tiempo que abandono su cuerpo, lastimosamente, esta es la perra vida que nos tocó vivir; te llamo únicamente, para pedirte el favor de que convoques una misa en memoria de Marie Ann, pues hoy se cumple un año de su partida. Seguido a esto y sin despedirse colgó. La señora Ana quedó desecha al oír las duras palabras de su hijo, más sin embargo, no lo juzgó ni lo critico, por el contrario sintió mucha misericordia por él, ya que era consciente de la difícil crisis que Niki estaba atravesando.

Niki decidió retomar su rutina, caminó algunas cuadras y llegó a un callejón donde compró 20 gramos de cocaína y 300 gramos de marihuana, se los compró a Andrés, el jibaro más peligroso de la ciudad, una pequeña alimaña ponzoñosa, que nunca desaprovechaba la más mínima oportunidad, que le permitiera ganarse unos dólares. Niki regresó al hotel donde se escondía del mundo, cuando entró, las dos mujeres seguían allí tumbadas y desnudas sobre la cama. Él prendió el viejo televisor que allí tenia y se puso a ver caricaturas animadas, mientras prendía un porro enorme. La habitación se llenó de humo y el habiente fue viciado de todo tipo de malos olores, tanto la habitación, como el baño estaban muy sucios y una de las mujeres sufría de flatulencia.

Mientras pasaban los minutos, Niki comenzó a cuestionarse: ¿Por qué acepte subirnos en ese yate? ¿Por qué no la escuche cuando me dijo que tenía miedo? ¿Por qué la obligue a subirse en esa embarcación, si se sentía enferma por su periodo? ¿Por qué no detuve la pesca? hubiésemos podido regresar a Providencia ¿Por qué no tomé decisiones diferentes, aquel día? Entonces se dijo así mismo: si tan solo hubiese hecho algo diferente, Marie Ann estaría aquí a mi lado, en aquel momento con voz baja dijo: fue mi culpa.

A eso de las tres de la tarde, las mujeres se despertaron, vieron a Niki dormido sobre un sillón, se vistieron y sin decir una sola palabra se marcharon. No robaron a Niki aquella vez, debido a que era un cliente generoso que les inspiraba lastima.

Así pasaron los meses, su padre finalmente falleció y Niki no se enteró, su vida era gris, sucia y raramente se bañaba. Solo lo hacía ocasionalmente y siempre después de haberse acostado con alguna prostituta.

Una mañana el dueño de aquel asqueroso hotel, cansado de esperar los pagos atrasado de los últimos 13 días; abrió la puerta de la habitación he hizo que cargaran a Niki hasta la calle, allí lo dejaron tirado detrás de un contenedor de basura; Niki en ese momento se encontraba tan drogado, que no se dio cuenta de lo que estaba sucediendo. Al día siguiente y bajo un sol abrazador, Niki despertó, se puso en pie y se sacudió el polvo de la ropa. Se fue entonces a la cafetería donde habitualmente comía algunas donas con café y se sentó a ver las noticias, estando en ello, se enteró que Avinash Boodoo, un empresario textil, había sido llamado a dar su versión, con respecto del accidente que se presentó en su yate y que terminó causando la muerte del capitán y la desaparición de una de las pasajeras. Pues un fiscal de New Orleans, consideraba que había tenido una actitud negligente, hacia el riguroso mantenimiento que su embarcación exigía. Al escuchar aquello, Niki entró en cólera, se retiró de aquel lugar y caminó con prisa por más de nueve horas hasta llegar a su apartamento, al ingresar se dio un baño, se afeitó la larga barba y se cambió la ropa. Tomó su teléfono y llamó a Andrés, para pedirle que le consiguiera un carro que no llamara la atención, 100 gramos de cocaína y un revolver; le dijo: Andrés, te envió mi ubicación por WhatsApp, cuando llegues te estaré esperando con el dinero. Niki sacó 22.000 dólares de su caja de seguridad, salió de su apartamento y bajó al primer piso en donde esperó la llegada de Andrés.

Cuando Andrés llegó, dejó que Niki se subiera y manejara el viejo Ford Taurus que le había conseguido, entonces Andrés le dijo: viejito, te traje lo que me pediste, esto te va a costar 15.000 dólares. Niki contestó: no es problema. Andrés le dijo: viejito, hazme un favor, llévame a mi barrio, necesito pagar unas deudas. Niki respondió: ok, vamos. Cuando llegaron al barrio donde Andrés traficaba, este le dijo a Niki: Viejito, déjame en esta esquina; sacó un treinta y ocho especial de entre su chaqueta con algunas balas, y se las entregó a Niki, después le dio una bolsa plástica con 100 papeletas de cocaína. Niki le entregó los 15.000 dólares que le había prometido a Andrés, y este le dijo: gracias viejito. Tomando una papeleta de cocaína de la bolsa que recién le había entregado a Niki, la inhaló diciendo: cuídate viejito. Se bajó del carro y caminó con prisa hacia un oscuro callejón.

Acto seguido, Niki se dirigió a la autopista interestatal, la cual le llevaría a New Orleans. Manejó sin descanso por treinta y seis horas; durante todo el camino solo consumió algo de agua y muchas papeletas de cocaína. Al llegar a aquella ciudad, estacionó el auto cerca de la corte, donde en algunas horas debía presentarse Avinash a rendir su declaración, de manera voluntaria. Niki le esperó allí, mientras tanto no dejaban de temblarle las piernas. Las horas se hacían insoportables y el día era muy caluroso; Niki tuvo entonces ganas de orinar, sacó su miembro y orinó sobre el tapete del carro, ya que no quería alejarse del lugar y perder la oportunidad de asesinar a aquel tipo, que le había desgraciado la vida. De pronto, vio que se estacionó delante de él, una camioneta Cadillac de color negro, de la cual descendió un hombre bajo y delgado, quien vestía elegantemente una corbata de seda. Niki empuñó el revolver con sus manos sudorosas, todo su cuerpo temblaba, quitó el seguro de su puerta, sin embargo, en aquel momento Kyle Jackson; su antiguo compañero de equipo, también descendió de aquella camioneta. Al ver esto, Niki bajó la cabeza y escondió el revolver debajo del asiento. Había decidido no asesinar a Avinash en frente de Kyle; debido a que tenía miedo de que este lo reconociera.

Niki esperó en aquel lugar dos horas más, mientras el calor del día, evaporaba la orina que había regado en los tapetes del carro; de pronto salieron de la corte Avinash y Kyle, los dos se veían muy contentos, en ese momento apareció Rossana, en un Audi convertible, recogió a Kyle y se marcharon inmediatamente de aquel lugar. Avinash no le dio tiempo a Niki para reaccionar, pues enseguida se subió en su camioneta y manejó hasta su casa; sin saber que un viejo Taurus le seguía de cerca. Cuando llegó, estacionó su camioneta al frente de su pequeña mansión y fue recibido por su esposa, y tres pequeños hijos varones. Ingresó a su casa mientras era observado por Niki, quien había parqueado el Taurus a pocos metros de allí.

Llegada la noche, Niki se sentía confundido y no sabía qué hacer, de pronto vio que una luz se prendía en aquella pequeña mansión y pudo ver que era Avinash ingresando a su estudio. Entonces, Niki tomó de nuevo el revólver y se bajó del auto. Corrió hasta la casa de Avinash e ingresó por una ventana de la sala, que alguien había olvidado cerrar. Se dirigió a la iluminada habitación, donde Avinash se encontraba respondiendo unos mails de su trabajo. Niki Irrumpió en aquel estudio, montó el revólver y lo colocó en la frente de Avinash. Este al sentir el frio cañón quedó petrificado de miedo. Niki le dijo: ¡Maldito perro desgraciado! ¡Por tu culpa lo perdí todo en mi vida! estoy tentado de matar a tu esposa e hijos para que sepas lo que yo he tenido que sufrir. Avinash le contestó con voz temblorosa: ¡Por favor no lo hagas, no entiendo que está pasando! ¡Creo que me estas confundiendo con alguien más, jamás le he hecho daño a nadie! Niki replicó: ¡Mentiras! yo soy Niki Martínez, por tu culpa a mi esposa se la tragó el mar. Avinash le dijo: si viste las noticias de la semana pasada, déjame decirte, que hoy estuve en la corte presentando los documentos, que demostraban que mi yate cumplía con todos los mantenimientos; te aseguro que todo fue un mal entendido de un torpe fiscal, que presentó una conclusión herrada y apresurada. Si no me crees, lee este documento. Avinash entonces le largó una hoja en donde decía que le declaraban inocente de todos los cargos. Niki la leyó y dijo: ¿acaso esto es una trampa? No Niki, respondió Avinash y continuo diciendo: Niki, yo soy tu mayor fan, he seguido toda tu carrera, fui muchas veces al estadio a verte jugar, celebré siempre tus triunfos, he orado por tu pronta recuperación; sufrí lo indecible la muerte de tu esposa, llamé a la casa de tus padres muchas veces, pero me decían que no querías hablar con nadie; incluso acompañe a tu familia al funeral de tu padre en compañía de mi amigo Kyle; Niki si no me crees mira atrás de ti. Niki giró su cabeza y vio una camiseta enmarcada y colgada en la pared. Era la camiseta con la que había jugado por primera vez un partido profesional en la ciudad de Nueva York. La reconoció de inmediato, puesto que tenía su firma y un corazón, en medio del corazón se veían las letras M&N. Niki en aquel momento recordó, que aquella noche Marie Ann había viajado desde Paris para verlo jugar y que horas más tarde, al terminar la competencia, habían salido a caminar por Times Square, donde a la luz de las inmensas pantallas, se besaron por primera vez. A Niki una lágrima se le escapó de sus ojos y le preguntó a Avinash: ¿Cómo la conseguiste? Avinash respondió: se la he comprado a un muchacho que vive en esta ciudad, él me la ofreció por eBay.

Niki aún tembloroso, bajó el arma, la guardó en el bolsillo de su chaqueta, se sentó un momento, tomó su cabeza y lloró un poco más, la esposa de Avinash al escuchar los ruidos bajó y vio la escalofriante escena, quiso llamar a la policía, pero Avinash se lo impidió. Por el contrario, le pidió que le trajera algo de tomar. Niki bebió un vaso con agua, se puso en pie, se secó las lágrimas, le pidió perdón a Avinash, a su esposa y se marchó.

Manejó lento por una hora hasta encontrar un Wal-Mart, allí estacionó el viejo Taurus. Todavía tembloroso por la cocaína y la adrenalina a causa de la fuerte experiencia de la noche, sacó aquel revólver treinta y ocho del bolsillo de su chaqueta y con su mano derecha aun sudorosa, temblándole todo el cuerpo, se apuntó en la cien, montó el gatillo y se disparó, su cabeza fue lanzada con violencia contra la ventana de la puerta del conductor, cubriéndola de carne y sangre. Se cerraron sus ojos y todo quedo en silencio.

Capítulo 9.

Nicholas llevaba un año estudiando en la universidad la carrera de publicidad y mercadeo, gracias a una beca que había ganado por ser un excelente jugador de baloncesto. Tenía muchos amigos y amigas, con quienes salía los fines de semana a fiestas y asados. En general era un estudiante sobresaliente que siempre obtenía buenas calificaciones.

Un día, cuando ya estaba próximo a terminar el año escolar y después de haber presentado sus exámenes finales, Nicholas se despidió de todos sus amigos y salió solo del campus de la universidad, para así caminar por la calle en dirección al edificio donde tenía una habitación de estudiante, pues quería llegar pronto, porque realmente necesitaba descansar. De pronto, uno de sus amigos le envió un mensaje por WhatsApp con algunas imágenes perturbadoras, en el mensaje podía leer: el gran Niki Martínez, leyenda del baloncesto profesional, ha sido encontrado en su auto con una herida de bala en la cabeza. Nicholas al leer esto sintió como sus piernas perdían todas sus fuerzas y tuvo que sentarse en el andén. Y continúo leyendo: los informes preliminares indican que se trató de un intento de suicidio, motivado por el abuso de drogas y alcohol. En estos momentos, lo están trasladando al hospital más cercano donde intentarán salvarle la vida. Nicholas pensó: esto no puede estar pasando. Sacó fuerzas de donde no tenía y se puso en pie, acto seguido caminó lo más rápido que le fue posible.

Al entrar en su habitación, sacó su portátil, el cual siempre cargaba en su vieja mochilá del colegio. Lo prendió y comenzó a ver las noticias más recientes que informaban minuto a minuto de la tragedia personal de Niki. A Nicholas le dolía el pecho y un nudo se le hizo en la garganta. Al poco tiempo, vio en la pantalla de su computador, como era bajada de un helicóptero, una camilla con el cuerpo de Niki. Esto aconteció en el techo del hospital. Nicholas pensó lo peor. Minutos después, Nicholas vio como la señora Ana descendía de un taxi en compañía de sus dos hijas, la señora Ana se veía muy angustiada, demacrada y había perdido mucho peso durante el último año.

Los periodistas entonces comenzaron a repetir una y otra vez la misma noticia. Cuando el reloj marco las 9 pm, un médico salió a la puerta del hospital, donde convocó a los periodistas allí presentes, para dar el parte oficial del estado de salud de Niki. Esto lo hizo por orden de la señora Ana. El médico sacó un papel que guardaba en uno de los bolsillos de su bata y dijo lo siguiente: Esta madrugada el señor Niki Martínez, bajo los efectos del alcohol y las drogas, intentó quitarse la vida, disparándose con un arma de fuego en la cien. Lamentamos informarles que a pesar de nuestros mayores esfuerzos, el señor Niki Martínez ha perdido su ojo derecho y se encuentra actualmente en estado de coma, su diagnóstico sigue siendo incierto, por lo que seguiremos atentos a su evolución. Aquel medico dio las gracias, se despidió y entró de nuevo en el hospital. Nicholas en aquel momento apretó sus dientes pues la frustración lo invadió, entonces pensó: así se recupere, nunca podrá volver a jugar baloncesto, lo cual es una pena, pues siempre soñé con jugar o competir con él.

El reloj continuó avanzando y un miedo inexplicable invadió la mente de Nicholas, cerró sus ojos y arrodillándose a la orilla de su cama comenzó a rezarle a Dios. Aun cuando Nicholas era un poco ateo, decía: Padre celestial, de corazón te pido que no te lleves a Niki, él es un buen hombre que está atravesando una crisis muy fuerte, debido a la pérdida de su amada esposa. Perdónalo señor. Perdónalo y si quieres o necesitas una vida, te ofrezco la mía. Nicholas siguió rezando y hablando con Dios toda la noche, hasta que el sueño le venció y se quedó dormido sobre el suelo de aquella habitación.

Eran las 7 am del siguiente día y repentinamente Nicholas se despertó asustado, de inmediato prendió de nuevo su portátil, para ver si había noticias nuevas de su héroe, Niki Martínez. Aquel día Nicholas no fue a la universidad, tampoco comió alimento alguno. Quería ir al hospital, pero sabía que allí no le dejarían entrar, por lo que aguardó pacientemente a que cualquier noticiero diera alguna información pertinente acerca de Niki.

Llegó así la noche de ese día y la mañana del día siguiente, a eso de las nueve am salió nuevamente el mismo doctor a la puerta del hospital, convocó a los periodista y les dijo: por este medio informamos que el estado de salud del señor Niki Martínez es estable y muestra signos de una leve recuperación, sin embargo ha quedado en coma y no sabemos cuánto tiempo durará así. De momento lo mantendremos en esta institución bajo supervisión y cuidados especiales de todo nuestro equipo de profesionales.

Pasaron un par de semanas y la condición médica de Niki era la misma. Se había vuelto habitual, ver a la señora Ana llegar todas las mañanas al hospital, para acompañar a su hijo hasta bien entrada la noche, momento en el cual una de sus hijas pasaba a recogerla.

Nicholas acababa de terminar las clases y había comprado un boleto de avión para regresar a New Orleans y así poder visitar a sus padres, con quienes quería compartir las festividades de final de año.

Al bajarse del avión, decidió pasar un momento por una pequeña cafetería local, que había en el aeropuerto; debido a que su padre se había retrasado un poco, este estaba atendiendo una carrera que le había salido a último momento; cuando se acercó al mostrador, llamó a la mesera que allí trabajaba, la chica se dio la vuelta y Nicholas exclamó: ¡Sarah! Ella se sonrió y de inmediato le reconoció, entonces le preguntó: ¿cómo has estado? Recuerdo que la última vez que nos vimos, estabas muy afectado por la desaparición de la esposa de un jugador de Baloncesto. Nicholas cambió su semblante y se hizo muy notoria su tristeza, entonces respondió: lo que te voy a contar es inverosímil, Niki Martínez intentó quitarse la vida, todos dicen que fue un tema de abuso de drogas y alcohol, pero yo sé, que en el fondo lo hizo, porque nunca fue capaz de superar la pérdida de su esposa; actualmente está internado en un hospital, pues quedó en coma y durante el suceso perdió su ojo derecho. Sarah le dijo: ¡mira está vivo! eso es algo positivo, más bien, tómate este café, que yo te lo invito. Nicholas dejó escapar una leve sonrisa, tomó el café y le dio las gracias. A continuación, Nicholas se despidió de ella y caminó algunos metros. Se detuvo y regresó a donde Sarah seguía atendiendo, allí la interrumpió y le dijo: Sarah ¿quieres acompañarme a la cena de acción de gracias, en la casa de mis padres? ella de inmediato asintió con la cabeza, y le dijo: pero con una condición ¿dime cuál es tu nombre? el respondió: Nicholas; de inmediato, intercambiaron sus números telefónicos y se despidieron de nuevo. Al poco tiempo, el padre de Nicholas, el señor John, llegó al aeropuerto para recoger a su hijo.

Cuando Nicholas ya estaba en el carro y después de saludar a su padre con un beso y un abrazo, el señor John le dijo: hijo, tienes una carita de ponqué ¿Qué te tiene tan feliz? Nicholas le respondió: conocí a una chica, la invité a que nos acompañe a la cena de acción de gracias y ella aceptó. Te felicito hijo, ¡ese es mi muchacho! Exclamó el señor John y continúo diciendo: definitivamente de tal palo, tal astilla.

Cuando llegó el tan esperado día, Nicholas le pidió prestado el carro a su padre para ir a recoger a Sarah. Él se había vestido elegantemente, también estaba usando un fino perfume, que a su padre le habían regalado, hacía un tiempo en un centro comercial. Era una muestra gratis. Eso sí, llevaba puestos los tenis de Niki.

Cuando vio salir de su casa a Sarah, notó el tremendo cuerpo que esta chica escondía debajo de los aburridos uniformes de la cafetería, instintivamente se sintió profundamente atraído por ella. Ya en la casa, compartieron la cena en familia, Sarah se sintió muy cómoda en aquel lugar, pues la señora Mia, se había esforzado por llenarla de halagos y atenciones. Al terminar la cena, Nicholas llevó de regreso a Sarah a su casa. La atracción era mutua y se percibía en el ambiente. Nicholas estacionó el carro de su padre en el garaje de la casa de Sarah, allí le dijo: verás, tú me gustas mucho y quisiera tener algo contigo. Sarah al escuchar estas palabras, se lanzó sobre Nicholas y le beso; ambos comenzaron a quitarse la ropa, aquella noche, en el carro del señor John, Nicholas perdió su virginidad, y como usualmente ocurre, esto tomó menos de cinco minutos. Al finalizar, Sarah le dijo a Nicholas: este fin de semana voy a estar sola en la casa y no tengo que ir a trabajar, te espero; si quieres te puedes quedar a dormir conmigo. Nicholas inmediatamente dijo: por supuesto, y se preguntó: ¿ahora como haré para escaparme de la casa de mis padres, sin que se den cuenta?

De esta forma, Nicholas y Sarah comenzaron un apasionante romance. Donde en cualquier sitio o a cualquier hora; siempre y cuando estuvieran solos, aprovechaban el momento para hacer el amor.

Llegó Enero y Nicholas tuvo que regresar a los Ángeles para continuar con sus estudios, Sarah ese día lo acompañó al aeropuerto, una hora antes, él se había despedido de sus padres. Allí se dieron un beso largo y apasionado. Pocos días después, Nicholas llamó a Sarah y le dijo: Sarita, todo mi ser te extraña, estuve pensando y en mi habitación podríamos vivir juntos ¿porque no dejas tu trabajo y te vienes a vivir conmigo? Sarah no lo pensó mucho y respondió: en quince días estaré allá contigo.

El día que Sarah llegó a los Ángeles, Nicholas le estaba esperando en el aeropuerto; nuevamente bien vestido y utilizando los tenis de Niki, los cuales estaban comenzando a mostrar el inexorable paso del tiempo. Ambos se recibieron con un fuerte abrazo, seguido de un húmedo beso. De inmediato tomaron un taxi, que los llevó al edificio donde Nicholas vivía, en una pequeña habitación para estudiantes. Tan solo al pasar la puerta, se despojaron de sus ropas he hicieron el amor toda la noche, al día siguiente y cuando todavía estaba oscuro, se encontraban aún desnudos y abrazados, sin saber cómo ni porque, hicieron el amor de nuevo, sus cuerpos parecían tener voluntad propia, además de un ardiente deseo, del uno por el otro.

Al poco tiempo, Sarah consiguió trabajo en la cafetería de la universidad donde Nicholas estudiaba, de esta manera, ambos caminaban juntos tanto en la mañana para ir a la universidad, como en la tarde para regresar a su nido de amor. Donde todos los días y a la hora que fuera, sus cuerpos desnudos se encontraban.

Inevitablemente, ambos cayeron enamorados y Nicholas dejó de frecuentar las fiestas y asados que antes disfrutaba con sus amigos. Nicholas sin darse cuenta, había olvidado la tragedia de Niki y su crítico estado de salud, pues todo su mundo comenzó a orbitar en torno de Sarah.

Un par de meses después y con algún dinero que Sarah había ahorrado, decidieron mudarse a un pequeño apartamento, el cual también estaba ubicado cerca de la universidad. De pronto, un domingo muy de mañana, Sarah se despertó preocupada, despertó a Nicholas y le dijo: gordo, no me ha llegado el periodo desde hace como una semana. Al principio Nicholas se sintió asustado, entonces le dijo: no te preocupes mi gordita, ya voy a la farmacia de la esquina y compro una prueba de embarazo, Nicholas así lo hizo. Cuando regresó, le entregó la prueba de embarazo a Sarah, esta se metió al baño y a los pocos minutos salió con lágrimas en los ojos, un poco asustada pero feliz, le dijo: amor, estoy embarazada. Nicholas en aquel momento le respondió: No te preocupes amor, yo los voy a cuidar siempre, casémonos y fundemos nuestra familia. De inmediato se abrazaron.

Nueve meses después, llegó Caroline a la vida de la feliz pareja. Hacía seis meses que se habían casado en una boda civil, a la cual, unos pocos amigos habían asistido. Para entonces, Nicholas todavía no le había contado a sus padres, que se encontraba casado, tampoco les había dicho, que acababan de ser abuelos; ya que tenía miedo de defraudarlos.

Transcurrió el tiempo y nuevamente llegó Diciembre con su alegría, y la pareja en compañía de su bebé, decidieron viajar a New Orleans, para visitar a los padres de Nicholas. Cuando todos se encontraron en el aeropuerto, la señora Mia y el señor John alzaron sus manos al cielo, gritaron de júbilo y rápidamente abrazaron a la bonita pareja y su hermosa nieta. Las lágrimas se desbordaron de los ojos del señor John, tomando a la bebé entre sus brazos, y al mirar en sus ojos, pudo ver todo el amor del universo. Mientras tanto, la señora Mia no dejaba de darle picos, a Sarah y a Nicholas.

Capítulo 10.

Era viernes y caía la tarde, Sarah estaba preparando la cena de esa noche, ansiosa esperaba la llegada de Nicholas; esto lo hacía en compañía de sus dos hijas y la señora Rachel.

Los últimos rayos de sol, se colaban por los velos que cubrían las ventanas de su casa; desde la cocina podía ver como atardecía, mientras el sol se sumergía, en el inmenso océano pacífico. Sus dos hijas corrían, reían y jugaban con su nana, la señora Rachel; esta era una mujer mayor de 45 años, quien tenía una historia triste, de la cual siempre intentaba no hablar, menos si alguien le hacía alguna pregunta impertinente de su pasado, más sin embargo, Rachel adoraba a Caroline y Sophie. Pues desde que Sophie había nacido, le venía cuidando. Rachel era todo amor, su voz era suave y en ocasiones podía comportarse como una niña, aspecto que tanto Sarah como Nicholas valoraban muchísimo, debido a que así, podía entretener a sus hijas durante las largas horas de juegos. Nicholas, Sarah y las niñas, adoraban a la señora Rachel. Su único defecto era, la obsesión compulsiva que tenía con la necesidad de siempre estar vestida de blanco; si por algún motivo alguna de las niñas manchaba su ropa, Rachel de inmediato detenía el juego y se iba a su habitación para cambiarse la ropa.

Una vez oscureció, se escuchó llegar el carro de Nicholas, el adoraba las camionetas doble cabina y por tanto manejaba una estruendosa Dodge Ram TRX. Al ingresar en su casa, las niñas le saltaron encima, lo abrazaron y lo llenaron de picos; entonces Sarah dijo: chicas, chicas dejen algo para mí, Sarah dejó lo que estaba haciendo en la cocina y se dirigió a la puerta donde Nicholas aún se encontraba, le abrazó y le dio un beso, después se acercó a su oído y le dijo: amorcito, hoy es viernes… y estoy ansiosa de montar a mi toro. Nicholas rio de forma maliciosa. Siguió hasta el comedor, donde la señora Rachel le esperaba. Señor Nicholas, buenas tardes ¿cómo le fue hoy? dijo Rachel. A Nicholas le gustaba hablar con Rachel; ella siempre le hacía ver la vida con más optimismo. Nicholas le contestó: hoy me siento frustrado, mi equipo acaba de perder por cuarto año consecutivo el partido clasificatorio para la final del torneo de la NBA, si yo no me hubiera lesionado hace quince días, de seguro hubiéramos jugado un mejor partido; y quien sabe, hasta lo hubiéramos ganado.

Sarah, quien había regresado a la cocina, ya que no dejaba que nadie le diera de comer a su familia, escuchaba con atención la conversación que transcurría entre Rachel y Nicholas, mientras pensaba: que amable es Rachel, acabamos de ver en la televisión el partido donde los Golden State Warriors perdieron por 10 puntos, aun así, insiste en hablar del tema con mi marido, para que el exprese su frustración y se sienta más liviano.

Al terminar la cena, Rachel llevó a las niñas a su habitación, las acostó y las arropó. Después les contó un cuento de cuna, hasta que ambas se quedaron dormidas.

Mientras tanto, Sarah destapó una botella de vino y sirvió dos copas, entonces le dijo a Nicholas: ánimo amor, el otro año seguro ganaran el torneo, Nicholas reviró diciendo: no se amor, no te lo creas de a mucho, últimamente me cuestiono si fue buena idea, haberme retirado de la universidad para jugar baloncesto. Sarah lo interrumpió y le dijo: ¡pero por supuesto amor! ¿Acaso no ves todo lo que ya tenemos? Mira esta casa, nuestros carros y nuestros muebles. Mira a nuestras hijas, como están creciendo sanas y fuertes, Incluso, hemos podido tener a una nana extraordinaria, la cual es la envidia de todos nuestros amigos, pues más de uno quisiera sonsacárnosla. Amor no sé porque dices estas cosas. Nicholas entonces respondió: amor, cuando me retiré de la universidad, esperaba poder entrar con Los Ángeles Lakers, sin embargo, no pude pasar las pruebas físicas, por lo tanto, el único equipo que me contrató, fue el Golden State Warriors; y ya ves, es un equipo que nunca ha ganado un torneo de la NBA, además muy pocos lo conocen y siento que mi carrera como basquetbolista, podría terminar en cualquier momento. Honestamente, siento que estoy jugando en un equipo muy mediocre, el cual está limitando mi talento. Sarah replicó: ¡pero que estás diciendo hombre! eres el capitán del equipo, gracias a Dios, nadie te ha escuchado decir estas cosas, porque de seguro, te echarían de inmediato del equipo. Por favor amor, ten fe, estas así porque no pudiste jugar a causa de tu lesión. Ya verás que el próximo año les ira mejor.

Un instante después, siguieron tomando sus copas de vino y la señora Rachel bajó a la sala donde ellos se encontraban, les dio las buenas noches y cuando se retiraba en dirección a su habitación, les dijo: que Dios los Guarde.

Entonces Nicholas y Sarah siguieron bebiendo vino hasta terminar la botella. Después de eso, subieron a su habitación y tuvieron sexo desenfrenado, tal cual como si fuera la primera vez. Con la feliz diferencia, de que ahora, Nicholas podía durar más de quince minutos. Lo que garantizaba que Sarah se sintiera 100% complacida.

Llegaron entonces las vacaciones de final de año y los padres de Nicholas viajaron a verlos, cuando llegaron, venían cargados de regalos para las niñas, también traían ropa blanca para Rachel, ellos le tenían un afecto especial. Para aquel entonces el señor John ya no manejaba un Uber, debido a que Nicholas le había comprado cuatro tracto camiones, con los que el señor John había fundado una empresa de carga, la cual era administrada por la señora Mia. También les había comprado una casa amplia y nueva en las afueras de New Orleans. Todo esto lo pudo hacer Nicholas, gracias a que ganaba bastante bien y su esposa era muy ahorrativa, ella nunca fue una mujer despilfarradora.

Todas las mañanas en aquella casa, se realizaba el mismo ritual; primero la señora Rachel despertaba a la pareja diciéndoles: ¡Don Nicholas, Doña Sarah, a despertar, hola, señores, se les va a hacer tarde, a despertar, a despertar! Después de ello, Nicholas se levantaba de la cama y se iba a acostar con sus hijas, diez minutos más tarde, volvía a pasar la señora Rachel diciendo: ¡Don Nicholas, por favor despiértese, a las niñas las va a dejar el bus del colegio! Entonces,

Nicholas con los ojos medio cerrados, se metía en el baño y se daba una ducha. Cuando salía del baño, se dirigía a su habitación donde le decía a Sarah: ¡mujer o te despiertas o te violo! Sarah al escuchar estas palabras de su ganoso esposo, le alegraba el día; ya que para ella era muy importante sentirse deseada.

Así pasaron los días y los meses, las niñas cada día eran más grandes y el hogar era bendecido con mucho amor.

Paso casi un año y Nicholas estaba compitiendo en la semifinal del torneo de la NBA del año en curso. Aquella noche su equipo logró clasificar, gracias al gran esfuerzo y la excelente preparación física, que todos los integrantes tenían en aquel momento. Al finalizar el partido, Nicholas y sus compañeros gritaron de emoción; saltaban de modo frenético y cargaron a Nicholas en hombros mientras este pensaba: qué lástima, por fin voy a jugar el partido final del torneo de la NBA y Niki no me podrá ver, cuanto hubiera querido poder jugar con él, o competir en su contra; se dijo: definitivamente nada es perfecto en esta vida.

Días después y por asar del destino, el segundo equipo que clasificó a la final del torneo de la NBA de ese año, fue Los Ángeles Lakers, cuando Nicholas se enteró de esto, se sintió más frustrado; claro que pocos instantes después pensó: ánimo campeón, que vas a jugar con todos los compañeros de Niki y eso también tiene un gran valor.

Cuando llegó el tan anhelado día, Nicholas empezó la mañana de la misma forma que la empezaba habitualmente; después de bañarse y vestirse, bajó a desayunar con toda su familia y la querida señora Rachel. Todos se habían bañado, vestido y alistado antes que él. De pronto, el señor John y la señora Mia entraron a la casa y le saludaron diciéndole: ¡SORPRESA! habían viajado la noche anterior desde New Orleans, para poder acompañar a su hijo en tan magno evento. Nicholas comenzó a sentir que su corazón se llenaba de emoción. Llamó entonces a su entrenador y le dijo: entrenador, hoy no voy a llegar con ustedes al estadio, en el bus del equipo; ya que mis padres han viajado desde New Orleans, para vernos jugar esta noche y quiero compartir con ellos la tarde, siento que así podré llegar más sereno al compromiso deportivo. El entrenador le contestó: Nicholas, no es lo habitual, pero tienes mi permiso, por favor llega temprano y evítame el ponerme nervioso.

Llegadas las tres de la tarde, todos se subieron en la enorme camioneta de Nicholas y tomaron rumbo al estadio central de los Ángeles. El señor John, se sentó adelante, atrás se sentaron las tres mujeres y las dos niñas. Llegaron al parqueadero del estadio y se pusieron a buscar un lugar donde estacionar la camioneta; de pronto, el señor John exclamó: ¡detente hijo! Acto seguido el señor John se bajó del carro y se acercó a un Mercedes Benz convertible de color negro, el cual tenía una cruz blanca al lado de su placa trasera; el señor John le dio la vuelta a ese carro, mirándolo cuidadosamente, entonces volvió a subirse en la camioneta de Nicholas y les dijo a todos: anoten la placa de ese carro, estoy seguro que ese era el carro que hace unos años irrumpió en el astillero; el mismo que manejaban esos bandidos rubios de cachetes rosados. Continúo diciendo: Por fin voy a saber quiénes son; para que la ley nos haga justicia. Nicholas le dio un par de palmadas en las piernas al señor John y le dijo: así será padre, así será.

Cuando faltaban pocos minutos para el inicio del partido, la señora Mia y el señor John, abrazaron a Nicholas y le desearon buena suerte, sus hijas, Caroline y Sophie hicieron lo mismo, después Sarah lo abrazo y hablándole al oído le dijo: sé que vas a ganar este partido, ¡ánimo! quiero hacer esta noche el amor con mi toro campeón. Finalmente, la señora Rachel se atrevió a abrazar a Nicholas y tiernamente le dijo: mijito todo va a salir bien, no te preocupes.

Y comenzó el partido, desde el principio la lucha fue feroz, ningún equipo bajaba la guardia, las cestas se acumulaban por igual, se presentaron varios roces y los ánimos estaban caldeados. Entonces, Nicholas comenzó a sentir que inexplicablemente, podía moverse un poco más rápido y saltar un poco más alto. Rápidamente se convirtió en la figura del partido. Los hinchas de su equipo; aunque pocos, comenzaron a gritar su nombre. En el ambiente se respiraba adrenalina pura. Sus padres, sus hijas y su esposa lo animaban y curiosamente, la señora Rachel le mandaba picos con su mano.

Faltando un minuto para que se acabara el partido y con tan solo un punto de ventaja… ¡Falta! sancionó el juez del evento. Falta a favor de Los Ángeles Lakers. La moral se fue al piso. Todos los jugadores se miraron atónitos y no podían creer su mala suerte. Un jugador de Los Ángeles Lakers, lanzó dos veces y anotó en ambas ocasiones. Todos los compañeros del equipo de Nicholas se dieron por vencidos.

Se reanudó el partido, y quedaban pocos segundos, Nicholas tuvo una idea; le arrebató el balón a uno de sus compañeros y se dirigió solo al terreno del equipo contrario. Todos los que lo veían pensaron, se volvió loco. El entrenador lo quería matar ¿solo contra cinco estrellas del baloncesto? Se cuestionó el entrenador. Rápidamente fue rodeado por sus contrincantes, entonces lanzó el balón con fuerza contra el suelo, este rebotó con violencia, pasando por en medio de las piernas del capitán del equipo contrario. En aquel momento, el tiempo se hizo más lento y mientras todos gritaban con desesperación y nerviosismo; Nicholas vio como el balón volaba hasta entrar en el aro, sin ni siquiera tocarlo. Inmediatamente Nicholas sumó dos puntos al marcador de su equipo. Justo un segundo antes que el cronómetro marcara cero. Hubo en aquel instante de tiempo un pequeño silencio; todos estaban incrédulos con lo que acababan de ver. De pronto el estadio saltó de júbilo e incluso, los hinchas del equipo contrario aplaudieron con entusiasmo la valentía de Nicholas. Todos se lanzaron a la cancha y cargaron a Nicholas en hombros, este alzó los brazos al cielo y gritó ¡gracias Dios! Después pensó: por fin lo logré, esto mismo lo vivió Niki y me parece fantástico. Los gritos, los besos y los aplausos, se extendieron por diez minutos. Su esposa, sus padres y la señora Rachel, lloraban de felicidad desde la tribuna.

Después de unos instantes y ya con los ánimos más calmados, empezó la ceremonia de premiación. Los directivos de la NBA entraron a la cancha y colgaron una medalla de oro en el cuello de Nicholas, así mismo hicieron con todos los integrantes de su equipo. Acto siguiente y de manera semejante, condecoraron a los integrantes del equipo de Los Ángeles Lakers, con medallas de plata. Entonces, dejaron entrar a los familiares de Nicholas a la cancha de baloncesto, así él lo había pedido. Su esposa lo abrazó, le besó y le dijo: te amo vida mía. La señora Mia, el señor John y sus hijas lo abrazaron y le felicitaron; la señora Rachel le abrazó, le besó la frente y le dijo: te felicito mijito, no te preocupes que todo va a salir bien.

Acto seguido, llamaron a todo el equipo para entregarles el dorado y reluciente trofeo. El presidente de la NBA, entró a la cancha cargando aquel trofeo y se lo entregó a Nicholas. En aquel instante, Nicholas alzó con fuerza el trofeo lo miró y vio reflejada la cara de Niki Martínez en él. De pronto se escuchó una detonación. Todos quedaron en silencio, Nicholas sintió como sus brazos perdían fuerza, dejó caer el trofeo; Sarah gritó de pavor, y Nicholas cayó lentamente sobre el piso de madera de aquella cancha, un hombre rubio, alto y con cachetes rojos, le había disparado a Nicholas impactándolo en el corazón. Nicholas con las pocas fuerzas que le quedaban, toco su pecho y sintió un orificio por el cual emanaba sangre a borbotones. Sintió que el aire le era escaso, su esposa y su madre se lanzaron sobre él, su padre tomó a las niñas y en compañía de la señora Rachel salieron de allí corriendo, porque tenían miedo de que el asesino atentara contra alguien más. Nicholas cerró los ojos y lentamente dejó de escuchar los gritos que su esposa y su madre le decían. Y todo quedó en silencio.

Capítulo 11.

Era Diciembre y Niki llevaba poco más de un año en coma, de repente y sin que nadie lo sospechara, Niki abrió el ojo que le quedaba. Sentía una sed agobiante y no tenía control de su cuerpo, entonces susurró: ¿dónde está Sarah? ¿Dónde están mis hijas? Pero nadie le escuchó, tomó aire y habló un poco más fuerte, diciendo: ¿dónde está Sarah? ¿Dónde están mis hijas? En ese momento una enfermera que estaba cerca de allí le escuchó y al ver que estaba despierto, salió corriendo a llamar a la señora Ana, quien se encontraba en un pasillo cercano hablando con el médico de turno. ¡Señora Ana! ¡Señora Ana! Venia gritando la enfermera, la señora Ana al escucharla se temió lo peor y puso su mano derecha sobre su corazón. ¡Señora Ana! ¡Niki acaba de despertar! Al escuchar la buena noticia, la señora Ana en compañía del médico de turno, corrió rápidamente hasta la habitación donde se encontraba Niki. Al ingresar en la habitación la señora Ana dijo: ¡Hijito de mi corazón! se acercó a la cama, tomó la mano de Niki y la besó. ¡Hijito de mi corazón! ¡Has despertado! ¡Gracias al cielo has regresado! Niki respondió con suave voz: madre, tengo sed; dime ¿dónde están Sarah y mis hijas? La Señora Ana confundida le dijo a Niki: hijito ¿quién es Sarah? ¿De qué hijas estás hablando? En aquel momento Niki sintió como su vida se partía en dos, debido a que el velo de la realidad se había desgarrado. Comenzó a llorar diciéndole a su Madre: ¿Mamá que me sucedió? ¿Por qué estoy aquí? ¿Dónde está Sarah? ¿Dónde están mis hijas? Atónita y con el corazón hecho pedazos, la señora Ana le respondió: tranquilo hijito, todo va a estar bien, trata de no pensar mucho, acabas de despertar de un coma de más de un año y tu mente está confundida.

Mientras todo esto sucedía, el médico que acompañaba a la señora Ana, rápidamente preparó una jeringa, la cual contenía un potente calmante y la aplicó directamente en las venas de Niki. Niki tomó aire, dio un largo suspiro y de nuevo quedó dormido.

Niki comenzó así su proceso de recuperación y lentamente regresó a la realidad, proceso que le fue muy doloroso, ya que sentía que amaba a Sarah, a Caroline y a Sophie, además extrañaba mucho al señor John, la señora Mia y la señora Rachel.

Niki tuvo que ser sometido a una serie de medicamentos Psiquiátricos, pues al ser un paciente con historial suicida, se debían tomar todas las precauciones. Durante los tres meses que Niki estuvo en recuperación, después de haber despertado, lo trató el médico psiquiatra James Murphy; proceso en el cual se desarrolló una genuina amistad.

Todos los días a las tres de la tarde, el doctor James Murphy, visitaba a Niki en su habitación, donde mantenían largas conversaciones, Niki comenzó contándole el secreto que su familia guardaba, acerca de sus verdaderos orígenes, dado que esto solo lo sabían sus tías y la señora Ana. Le contó con lujo de detalles, la trágica historia de Ruth, así como la historia de su abuela Teresa y la familia Rojas. Incluso le relató aquel momento en el que él pudo ver, como su abuela Teresa logró trascender y subir al cielo. Claramente, el doctor James pensó en aquel momento: Niki tiene alucinaciones cuando se somete a mucho estrés. También le contó, cómo había conocido a Marie Ann; le contó cómo fue aquel instante cuando la vio por primera vez en la tienda de sombreros.

Un día Niki se sentía abatido, por lo que comenzó a contarle al doctor James, como le había propuesto matrimonio a Marie Ann y que durante la boda, Marie Ann le había cantado sus votos nupciales con un lindo son cubano.

Después de muchas sesiones, Niki le contó al doctor James, lo mucho que se sentía culpable por la desaparición de Marie Ann, le describió los detalles de aquel fatídico viaje. Tiempo después, comenzó a relatar aquella época oscura de su vida, en la que cayó en las drogas y el alcoholismo; le dijo: en aquel tiempo vivía drogado, rodeado de prostitutas y ladrones. Le contó incluso que había intentado asesinar, al señor Avinash Boodoo y que aquella noche había conducido hasta un Wal-Mart. Sin embargo, no recordaba haberse disparado.

Las sesiones más dolorosas para Niki, fueron aquellas donde contó la historia de su alter ego Nicholas. Ya que para él, el amor de Sarah y sus hijas habían sido verdaderos. Entonces el doctor James en aquel momento le dijo: siento mucho lo que tengo que decirte, pero vas a tener que enfrentar el luto por aquella familia imaginaria que tuviste, inclusive, si quieres recuperarte y no caer en la locura, vas a tener que hacer un luto por Nicholas y aceptar que ninguno de ellos existió, ya que todo fue obra de tu imaginación. En aquel momento Niki comenzó a llorar y el doctor

James le preguntó: Niki, ¿cuál es el primer recuerdo que tienes de Nicholas? Niki respondió: me desperté en una pequeña habitación y miré que estaban cayendo partículas de polvo sobre mi cabeza, aquellas partículas estaban siendo iluminadas por la luz que se colaba por unas cortinas, que cubrían la ventana de aquel lugar. El doctor James le volvió a preguntar a Niki: ¿y recuerdas que algo así ya te hubiera pasado en la realidad? Niki calló por un momento y respondió: si doctor; el día que vi por primera vez a Marie Ann, me desperté en una pequeña habitación de un hotel, que queda en el centro de la ciudad de El salvador; aquella vez vi las mismas partículas de polvo, siendo iluminadas por una luz que atravesaba unas viejas cortinas. El doctor James sonrió y dijo: ¡Bingo! Aquel día fue muy significativo para ti, por eso tu mente lo escogió como el primer día de Nicholas, además por lo que me has contado, aquella ves que casi asesinas a Avinash, él te habló de un joven que vivía en la ciudad de New Orleans, el cual le había vendido una de tus camisetas de colección; con esta información tu mente logró ubicar en tiempo y espacio a Nicholas. Niki exclamó: ¡por supuesto doctor! después se quedó callado mirando al piso. El doctor James continuó diciendo: Niki, la vida que viviste en tus sueños, fue la proyección de los anhelos y experiencias que no habías logrado vivir en la realidad; idealizaste una familia llena de amor, con dos hermosas hijas; idealizaste a unos padres; pudiste ir a la universidad y tuviste mucho sexo con tu esposa. Algo que definitivamente te hubiera gustado vivir con Marie Ann; pero que el cruel destino, no permitió que ocurriera. Niki, tú lo que hiciste fue una Catarsis, lograste abstraerte de la ecuación y ver los toros desde la barrera. Viviste un mundo rico en emociones y viste pasar tu vida, a través de la radio, televisores antiguos, celulares y pantallas de computador. Permíteme decirte que nunca había visto un caso tan interesante como el tuyo. Me sorprende que incluso, lograste enamorarte y sentir amor de tus personajes imaginarios, creo que encontraste el amor más allá de los sueños. Al escuchar todo esto, una paz infinita llegó a Niki y dejó caer sobre el suelo lágrimas de alegría; pensó entonces: que bueno es haber sido tan amado en esta vida. Una cosa más, dijo el doctor James; Niki, si lo meditas bien, mientras Nicholas estaba rezando por ti de rodillas, en su habitación; en ese momento eras tú, pidiéndole a Dios que te perdonara y te diera otra oportunidad, así que no la desaproveches.

Cuando terminó la terapia de Niki, el doctor James le recetó ansiolíticos y antidepresivos por seis meses y le recomendó, que viviera en compañía de su madre por algún tiempo. Niki así lo hizo, pocos días después, sus tías en compañía de la señora Ana, fueron a recogerlo para llevarlo a casa. Al llegar, Niki sintió nostalgia por el recuerdo de su padre, el señor Eduardo; entró a la sala y se sentó en aquel gran sillón, en el que el señor Eduardo vivió sus últimos momentos de vida. De inmediato un pensamiento llegó a su mente: perdóname padre, por no haber estado presente durante tus últimos días.

Capítulo 12.

Habían pasado seis meses, Niki se encontraba totalmente recuperado de su depresión, no había vuelto a tomar alcohol ni a consumir drogas, seguía viviendo en la casa de la señora Ana y sentía que ya era el momento de retomar las riendas de su vida.

A los pocos días, habló con la señora Ana y entre los dos decidieron que había llegado el momento, para que Niki regresara a vivir solo en su apartamento. Cuando Niki se mudó de nuevo a su apartamento, hizo que lo remodelaran; también cambió todos los muebles. Él quería alejarse de aquellas cosas que le traían malos recuerdos a la mente. Incluso hizo que sacaran del garaje su Ferrari, el cual llevaba varios años estrellado y acumulando polvo. Fue y vendió este pedazo de carro estrellado y de regresó a casa, decidió comprar un Jeep Wrangler, ya que tenía pensado dedicar su tiempo libre a practicar la caza en medio de bosques nativos; de esta manera esperaba poder acampar lejos de la ciudad y su mundanal ruido, conectándose con la naturaleza.

Era sábado y Niki volvía cansado después de una larga caminata por el bosque, aquel día no había podido cazar ningún animal. Llegó a una cabaña ubicada a orillas de aquel majestuoso bosque, la cual había rentado por un mes.

Hacía ya varias semanas que había terminado el tratamiento con las medicinas psiquiátricas, que el doctor James le recetó, en aquel momento se sentía renovado. Pensaba mucho en su familia imaginaria y también recordaba con nostalgia a Marie Ann, sin embargo, las heridas del pasado cada vez estaban más cerradas.

Cuando cayó la noche, decidió prepararse un sándwich de pavo y destapó una cerveza que alguien había olvidado en el refrigerador de aquella cabaña; momentos después, prendió la chimenea con un poco de leña y se recostó en la confortable cama. Sus últimos pensamientos de aquella noche fueron: ¿qué habría sido de la vida de Sarah y mis Hijas si yo nunca hubiera despertado?

Sarah se veía muy demacrada, la luz de sus ojos había desaparecido, las niñas aun confundidas no expresaban mucho y acompañaban a su madre, mientras comenzaban a llegar los amigos de la familia. En medio de la sala, estaba el ataúd abierto que contenía los despojos mortales de Nicholas; la señora Mia estaba recostada sobre el vidrio del ataúd, el cual dejaba ver el rostro de aquel difunto, mientras lloraba lo indecible. El señor John no estaba en aquel lugar, había sufrido un colapso nervioso y le habían tenido que sedar, por lo que se encontraba durmiendo en una de las habitaciones del segundo piso. La señora Rachel, pasaba con parsimonia de invitado en invitado, ofreciéndoles un café y algo de comer. Todos hablaban con voz baja. Y sobre aquella casa una pesada tristeza descendió. En aquel momento, Niki apareció en medio de la sala, más sin embargo, nadie le podía ver ni escuchar. Trató de tocar a Sarah y a las niñas, pero su cuerpo se desvanecía cada vez que se acercaba a alguien más. ¡Gritó!, gritó muy alto, pero nadie le escuchó. Entonces entendió lo que allí estaba sucediendo, había regresado a aquel mundo imaginario en forma de fantasma. Niki despertó asustado de la macabra visión. Tomó un calmante, escuchó un poco de música y pensó: que extraña pesadilla he tenido.

Al siguiente día despertó un poco temeroso y decidió pasar el día resguardado en aquella cálida cabaña, vio que todavía quedaban cervezas en el refrigerador y decidió tomar una más con la comida. Nuevamente prendió la chimenea y se acostó. Entonces, comenzó a soñar con todos los detalles del entierro de Nicholas, allí pudo ver como todos le despedían; y de nuevo intentó comunicarse con ellos. Pero su esfuerzo fue en vano. Se despertó súbitamente, se tomó la cabeza y se preguntó: ¿qué me está pasando?

La tercera noche que Niki soñó con su familia imaginaria, vio que habían pasado cuatro años, las niñas estaban más grandes y ya comenzaban a ser unas señoritas. Sarah se veía en mejor condición, un poco más gorda y se le asomaban las primeras canas; la señora Rachel, seguía cuidando a su familia, con el mismo fervor que siempre la había caracterizado. Aquella noche Niki no sintió miedo, tampoco sintió tristeza. De hecho se alegró de poder verlas y compartir un tiempo con ellas, incluso si nadie le veía o le escuchaba.

Así Niki descubrió, que si bebía un poco de alcohol antes de ir a dormir, su mente lo trasportaría a aquel universo, en el que seguían existiendo su esposa Sarah y sus hijas, Caroline y Sophie. Esto le cambió la vida, regresó a la ciudad y se quedó de nuevo en su apartamento. Durante los días visitaba a su madre o a sus tías y en las tardes pasaba largas horas en el gimnasio, entrenando con un grupo de nuevos amigos. Esto lo hacía para poder llegar muy cansado a su apartamento y así tomarse una copa de licor, para caer en un profundo sueño, en el que era trasportado a la presencia de su familia imaginaria.

Niki vio cuando cada una de sus hijas cumplió quince años y las acompaño en las respectivas fiestas. También las vio graduarse del colegio y entrar a la universidad. Siempre que podía, se sentaba al lado de Sarah a ver las novelas que a ella tanto le gustaban y ocasionalmente revisaba que la señora Rachel se encontrara cómodamente, pues le estaba muy agradecido, ya que había ayudado a criar unas niñas de buen corazón.

Niki se sentía muy cómodo, porque todas las noches, podía compartir algunos instantes con su familia imaginaria.

Pasaron tres meses, y una noche después de haber tomado una vaso de wiski, Niki apareció en la sala de la casa de Sarah y las niñas, allí extrañamente estaba Allan G. Rangel; este era un hombre alto y corpulento, tenía 48 años; amante de las motos de alto cilindraje, además era un hombre acaudalado; tenía una empresa tecnológica que suministraba equipos a la industria petrolera. Niki se sintió incomodo con su presencia, esperó a que Sarah entrara en la habitación, para escuchar que tenía que decir. Al entrar Sarah le dio un gran beso a Allan, y entonces le dijo: ven amor, quiero montar a mi toro, aprovechemos que mis hijas se encuentran en el centro comercial con la señora Rachel. Niki gritó: ¡Noooo! y le dijo a Sarah: ¿qué te pasa maldita perra? ¿Acaso pretendes deshonrar nuestro hogar? Trató de detenerla, intentó empujar a Allan pero nada sirvió; una vez en la habitación, Allan comenzó a desnudar a Sarah; al ver esto, Niki se tiró por la ventana de la habitación. De inmediato Niki despertó en su apartamento, cubierto de sudor y comenzó a llorar. No podía creer que Sarah tenía un amante.

La siguiente noche, tomó un sorbo de wiski y durmió; esta vez apareció en el comedor, en medio de una cena que Sarah había preparado para Allan; en aquel sitio estaban sus hijas y la señora Rachel. Ya avanzada la cena, Sarah tomó la mano de Allan y les dijo a sus hijas: mis amores, ustedes ya conocen a Allan, quiero que sepan que hemos comenzado una relación y ahora somos novios. Al ver esto Niki pensó: ahora si vas a ver maldita puta, tus hijas te van a poner en cintura. Entonces Caroline exclamó: ¡genial madre! ya era hora, y Sophie interrumpió diciendo: si madre, la verdad nos preocupaba mucho verte tan sola. La señora Rachel no dijo nada. ¡Malditas perras! ¡Todas ustedes son unas perras! Niki exclamó, mientras se lanzaba sobre Allan, pero su cuerpo se desvaneció al instante y nadie lo vio ni lo escuchó. Unos segundos después, Niki despertó nuevamente en su apartamento, sudoroso y con lágrimas en los ojos. Y se dijo: No puedo seguir con esto, mañana buscaré al doctor James, para que me formule más ansiolíticos.

Niki al siguiente día visitó al doctor James y le contó lo que en los últimos tres meses le había sucedido, al principio el doctor James regañó a Niki diciéndole:

¿pero que estabas pensando? tú tienes prohibido beber alcohol. ¿A caso no ves que eso te puede desequilibrar? Prométeme que nunca lo volverás a hacer. Niki respondió: te lo prometo James. El doctor James, al ver la crítica situación, le recetó las medicinas que Niki estaba necesitando. Entonces, Niki regresó a su apartamento, tomó las medicinas; aquella y las siguientes noches, Niki durmió pacíficamente.

Pasaron un par de semanas y Niki se sentía solo, regresó a él, el recuerdo de Marie Ann, entonces en un ataque de nostalgia hizo las maletas y viajó a El Salvador, se hospedó en el mismo hotel céntrico, en el que hacia tanto tiempo se había quedado. Muy poco había cambiado en aquel lugar. Cuando entró en aquella pequeña habitación, llamó a su madre y le contó lo que había hecho. La señora Ana le dijo: me gusta lo que hiciste, cuando viajaste por primera vez a ese país, a tu regreso te sentí muy fortalecido. Por favor no tomes y disfruta del paseo. Niki respondió: así lo haré madre, una cosa más, no te preocupes si no te contesto el celular, o si no pasan tus llamadas a mi habitación, he decidido estar aislado de todo y de todos por un corto tiempo.

Algunos días después, Niki visitó a Chepe, quien seguía trabajando en el mismo negocio de su padre y todavía tenía el viejo Suzuki, al verlo, Chepe le dijo: ¡Jefe! ¿Y ese parche? Niki entonces le invitó a caminar por la ciudad mientras le contaba su triste historia, en algún momento Chepe lo interrumpió diciéndole: a mí me dolió mucho cuando te casaste con Marie Ann y no me invitaron a su boda. Estuve un par de horas viendo la ceremonia por Facebook. Niki se disculpó con

Chepe y le explicó que todo había pasado muy rápido; ya que Josefina, la madre de Marie Ann, para aquel entonces se encontraba desahuciada. Al caer la tarde, los amigos se despidieron y Niki decidió caminar hasta la playa; al llegar encontró el mismo bar donde había bailado por primera vez con Marie Ann, se sentó en aquel lugar y pasó la noche viendo como las parejas coqueteaban y se besaban. A eso de la una am, sonó aquel viejo son cubano, AMAME; Niki sintió como sus lágrimas brotaron al instante y en voz baja pronunció: Marie Ann, como te extraño mi amor. Pidió entonces una copa del aguardiente local, se lo tomó de un solo sorbo, se puso en pie y se alejó de allí mientras todavía sonaba aquella hermosa canción. Al llegar al hotel y cansado por el largo día, cayó dormido en un profundo sueño.

Niki apareció en la sala de la casa de Sarah y de sus hijas, era de mañana. En aquel preciso instante Sarah y Allan, se estaban despidiendo de Caroline, Sophie y la señora Rachel; ya que se iban de paseo por toda una semana a unas paradisiacas playas del golfo de México. Allan estaba vestido de forma casual; usaba pantalones cargo de color café, una camiseta negra, botas de trabajo Caterpillar y una camisa de lana a cuadros tipo leñador. Por el contrario, Sarah se había esmerado en verse sexi, ella se había vestido toda de cuero, tratando de parecerse a Trinity, la protagonista de la película Matrix. Después de abrazarse y desearse buenos deseos, la pareja salió de la casa y se subieron en la moto BMW GS1200 que Allan manejaba, las chicas alzaron las manos y los despidieron, mientras la señora Rachel le gritaba a Sarah: ¡querida, no te preocupes que todo va a estar bien! Niki al ver toda esta escena volvió a entrar en cólera, entonces comenzó a flotar al lado de la moto en la que viajaban Sarah y Allan, mientras les veía con ira.

De pronto, Sarah abrazó tiernamente a Allan pegándose a su espalda; al ver esto Niki no lo soportó más; en aquel momento, Niki empujó a Sarah. Lastimosamente, esta vez Niki no se desvaneció, haciéndolos caer e impactar el suelo a gran velocidad. Sarah y Allan se deslizaron por el pavimento, hasta chocar violentamente contra un poste, allí ambos perecieron al instante, la moto quedó debajo de un carro que estaba cerca del aquel lugar. ¡Noooo! Niki exclamó, de inmediato despertó en la pequeña habitación del hotel, donde se hospedaba; comenzó a llorar inconsolablemente, lloró por muchas horas, mientras se decía: la maté, maté a mi esposa y también maté a Allan, he dejado solas a mis hijas ¡soy un criminal!

Cuando aclaró el día, Niki ya más calmado, se secó las lágrimas que aún tenía en su ojo; se metió a la ducha, se dio un largo baño; después se vistió de forma elegante, bajó y desayuno con los otros huéspedes del hotel. En general se veía tranquilo. Subió de nuevo a su habitación y cerró la puerta, se sentó en la cama, colocó en su celular la canción AMAME (de la agrupación los maraqueros) y se quitó la correa que tenía en su cintura. Se paró sobre la cama y amarró la correa a una viga que el techo de su habitación tenía; finalmente, preparó un nudo para así ahorcarse. Cuando hizo todo esto, se sirvió un vaso con agua. Dio un suspiro y pensó: No merezco la vida; falté a la promesa de cuidar a Marie Ann, asesiné a Sarah, su novio y he dejado a mis hijas solas en la vida.

De repente un tenue olor a rosas invadió el lugar, Niki pensó: ¿acaso eres tu amada mía? ¿Ya te estas preparando para recibirme en el más allá? En aquel momento, miró la escalofriante correa, la tomó con su mano derecha, se subió a la cama y en ese instante. Toc, Toc, Toc, sonó la puerta. Niki se detuvo, se bajó de la cama y se acercó a la puerta de su habitación, aquel son cubano todavía se escuchaba en su celular.

Con la mirada baja, abrió un poco la puerta y vio los pies de una chica, que al instante le dijo: ¡hola vida! Rápidamente Niki subió la mirada y observó que era Marie Ann, la cual estaba un poco más delgada de lo que él la recordaba, primero pensó que estaba alucinando, después giró la cabeza y revisó que su cuerpo no estuviera colgando de la correa que estaba amarrada de la viga del techo de la habitación. Entonces, incrédulo de lo que sus ojos veían, le Preguntó: ¿amor, estamos vivos o muertos? A Marie Ann una lágrima le bajó por la mejilla, alzó sus manos tomando la cara de Niki y le besó, acto seguido le dijo: Vida mía, ¡estamos vivos! Niki se desplomó al instante y cayó de rodillas abrazando a Marie Ann por las piernas. Marie Ann entonces también se tumbó en el piso y juntos lloraron abrazados.

¡No entiendo! ¡No entiendo! decía Niki, Marie Ann cerró nuevamente su boca con un beso, y seguido a esto le dijo: amor, solo recuerdo tu rostro cuando entró aquella nefasta ola en la sala del yate, hace un mes desperté en un hospital de Belice, al parecer unos pescadores me encontraron flotando inconsciente y a la deriva en el mar. Como no sabían quién era yo, me dejaron en el hospital más cercano que encontraron, allí he estado en coma los últimos tres años y un poco más. Hace tres días me dieron de alta; durante toda mi recuperación me mantuvieron muy sedada y no recordaba muy bien quien era yo, entonces de inmediato llamé a tu celular, pero no contestabas, después llamé a la casa de tu madre y ella me dijo dónde estabas; gracias a Dios tu madre me pudo enviar dinero y se comprometió a pagar la cuenta del hospital; así que ayer tomé un bus y viajé toda la noche, las horas me parecieron eternas y tenía muchas ansias de verte y abrazarte.

Amor ¡que falta me hiciste! dijo Niki y continúo diciendo: ¡todavía no lo puedo creer! Marie Ann se sonrió y le respondió: Vida, en cambio yo no te extrañé de a mucho que digamos, porque durante todo el tiempo que estuve en coma, siempre estuviste a mi lado. ¡Imagínate que durante mi coma, soñé que vivíamos en una linda casa al lado del mar! tú seguías jugando baloncesto; teníamos dos hijas, una se llamaba Caroline y la otra Sophie. Éramos muy felices, tú tenías una camioneta grandísima, pero lo mejor de todo, era que todos los días hacíamos el amor, por eso no me hiciste mucha falta. Marie Ann se sonrió de nuevo y continúo diciendo: lo único que me molestaba un poco, era que tú insistías en llamarme Sarah, por lo que yo vivía celosa. Te pregunté muchas veces ¿quién es Sarah? o ¿por qué me llamas Sarah? pero tú siempre me ignorabas, cuando yo hacía estas preguntas. Niki lloró pegando su cabeza al pecho de Marie Ann, en su mente, sabía que todo lo que Marie Ann le estaba diciendo, también había sido real para él. En aquel momento Niki alzó su cara y le dijo: ¡te amo amor! Marie Ann lo besó de nuevo y le dijo: vida ¡ahora todo va a salir bien! así siempre nos decía la nana de nuestras hijas, quien estaba medio loca, ella solo vestía de blanco. Niki entonces temeroso preguntó: amor, ¿cómo se llamaba la nana de nuestras hijas? Marie Ann respondió: *RUTH...*

FIN

Dedicado a mi padre, Alvaro Gustavo Ladrón de Guevara González. Quien con su inquebrantable fe en el amor, inspiró en mí esta bonita historia.

Made in the USA
Monee, IL
16 November 2021